KEY·可以文化

从
梭磨河
出发

阿来 （著）

浙江文艺出版社
Zhejiang Literature & Art Publishing House

图书在版编目（CIP）数据

从梭磨河出发/阿来著.—杭州：浙江文艺出版社,2023.8
ISBN 978-7-5339-7251-6

Ⅰ.①从… Ⅱ.①阿… Ⅲ.①诗集–中国–当代
Ⅳ.①I227

中国国家版本馆CIP数据核字（2023）第095554号

策划统筹	曹元勇
责任编辑	苏牧晴
助理编辑	黄煜尔
责任印制	吴春娟
装帧设计	付诗意
营销编辑	耿德加　胡凤凡
数字编辑	姜梦冉　诸婧琦

从梭磨河出发

阿来　著

出版发行	浙江文艺出版社
地　　址	杭州市体育场路347号
邮　　编	310006
电　　话	0571-85176953（总编办）
	0571-85152727（市场部）
印　　刷	上海盛通时代印刷有限公司
开　　本	850毫米×1120毫米　1/32
字　　数	117千字
印　　张	8
插　　页	4
版　　次	2023年8月第1版
印　　次	2023年8月第1次印刷
书　　号	ISBN 978-7-5339-7251-6
定　　价	59.00元（精装）

目录

第一辑　梭磨河

第四辑　草原美学

附　录

第一辑*

梭磨河

* 编者注：本辑收录的是作者 1991 年由四川民族出版社出版的第一本个人诗集《梭磨河》。

风暴远去

风暴穿过心房，就像
穿过一所巨大的房子
许多窗户，许多门
叫人深感自己的阔大与富有
一所房子
许多窗户，许多门
开启又关闭，关闭又开启
柔软的帐幔噼啪作响
妈妈，他们来了
我说，妈妈他们来了
这时，风在洞开的心扉中
仿佛一只角号呜呜作响

风穿过房子，就像
穿过心房
吹开最后一扇北面的窗子
在潮湿的果园中

惊起那只假寐的狐狸

风暴远去
深色丝绒掩映的窗户全部打开
天空像一只最纯净的水晶石杯
河水像一匹光滑的缎子

天堂门打开之前

雨燕在屋檐下最后一次呢喃
它们将飞向大海与东方的朝阳
老人说，在背后
孤寂与黄昏一起到来
像早晨的羊群慢慢散开

老人说，看哪
落日像我即将失明的独眼
像一只静静燃烧的烟斗
我躺在记忆的床上
整夜吸烟
抚摸烟袋像旧日情人的脸庞
并且看到死亡
并且教自己习惯死亡
谷仓中麦种散发香味
空空的酒坛嗡嗡作响

这时，在河边

在空中，在黑色树丛边缘
蝙蝠游弋飘荡

老人说，看哪
先人们的灵魂在水上行走
在这片月光与那片月光之间
地上硝盐如黄金样生长
两片树叶将飘落
粘住眼睑，湿漉而芬芳
疲惫的记忆发出惬意的叹息
静默的羊群幻化成云彩
天堂门打开时没有声响

这时是夜

这时是夜
帐幕像花朵悄然闭合
寂静来到坎坷的路上

这时是夜
眼前是墙上精雕细刻的静穆面具
远处是怀孕女子坐化成浑圆山岗

这时是夜
疲惫的身躯化成雨中的泥土
化成被蚯蚓疏松的肥沃泥土

这时是夜
感到自己将成为忧郁的歌手
感到呼吸的河流变深变长

这时是夜

梦去到路上

一直走到黎明的边缘

俄比拉尕的柏树

破碎的岩石
被虬曲的树根紧紧抓住
柏树在灰色天空下
听见岩石被抓碎的声音
以及另外一些东西破碎的声音

高耸的柏树
孤独而又沉静
遭受烈日的暴行
稀薄的影子是沁凉的忧伤
那是对于夜的怀念
那是露水的芬芳
夜是梦与祈祷的衣裳
醒来却看见干涸的河床
众多生命已经陨灭
只有英雄
只有柏树，在天空和大地之间

患风化症的岩石破碎的时候

柏树的躯干中滚出金色的泪滴
柏树知道
千年后这些泪滴是纯净的琥珀
柏树老了
只在自身残存的清香中寻找幻觉

灵魂之舞

听吧
高蹈的舞步渐渐变缓
鼓声在疲惫的大地上趋于沉寂

土屋里塘火灭了
木柴上缭绕最后的青烟
雾从河面升向山岗
松脂香潜入人们的睡眠
高的风攀过山口低的风卷动废弃的纸张
祖先们在这样的夜晚从天上归来
他们蹚过牛奶般新鲜的月光
抚摸壁画上自己的面孔
抚摸锄头与镰刀上光滑的木把
抚摸纸币。纸币上陌生人的脸
抚摸所有陌生器物上新鲜的图案
抚摸我们睡梦中的脸
他们宽大的衣氅絮满百禽的羽毛

呼吸像明亮秋阳的淡淡温暖

醒来，我们看见，
一些老树根像筋络虬结的手
一些乳房像圆润的石头
满天星星像眼睛一般

这样的夜晚
我们相信四周充满祖先的灵魂
额头上有他们涂抹吉祥的酥油
听到自己血流旺盛而绵远

啊，母亲们
把高插在墙上的松明点燃
用家传的木杯与银碗斟满蜜酒
我们要在松木清芬的光焰下
聆听嘉绒人先祖的声音
让他们第一千次告诉
我们是凤与大鹏的后代
然后，顺着部落迁徙的道路
扎入深远记忆
扎入海一样深沉的睡眠

写在俄比拉尕的歌谣

献　辞

来到这里，我相信
人类真正有大彻大悟者
先知刚刚离去

先知昨天还在
啊，智慧，最初的智慧
不叫思想的智慧
像一去不返的过去的羊群
像天鹅飞去不再回来
只有深山里还有洁净的湖泊
冷的，美丽的，可以
供我们和最后的鹿群一起畅饮的湖泊
岸上，珍惜洁净的乡亲神情凝重
被太阳灼伤，两颊污黑

雪峰峭拔于天外
湖泊在低洼的地方
梦幻般轻轻鼓荡，在先知
昨天还在的地方
先知刚刚离去的地方

一个下午，在无人的扎如寺

神灵啊，庙宇刚刚落成
圣人为手工艺人的祝福
以及关于教法弘传的预言
仍在风中传布
宝镜岩依然躬身聆听
而僧人已走
僧人们倾巢四出托钵化缘
僧人们向人间宣谕真理

僧人们在集市
在流水汇聚的路口
在孤独的村子，在梦境

获得布施

布施所得要彩绘神殿的廊柱与门脸

要给木头神像敷设金粉

施主的名字要镌刻在石头之上

只有一个厌倦了美景的游人

在这里，天神啊

这荒芜广场上的修长旗杆

像是供灵魂向你的居处攀缘

游人引颈仰望

空中霞光美妙而又易于消散

祈　雨

无雨的日子连缀成片

成整个俄比拉尕

枯萎的绿色与嚣张的浮尘

我们无法穿越

雨水啊，雨水

时常背弃我们的雨水

你看阳光像太多的金子
像另外季节的霉菌一样
在大地，在天空旺盛地生长
漫游的野兽与追踪的猎犬
伸长黯淡的舌头
蜷缩于仙人掌丛的荫凉
干渴而又睡意蒙眬

雨水啊，雨水
巫师们无法唤回的雨水

珍珠般的泉眼已经干涸
老人们不想吸烟
看哪，旋风卷起尘土与干枯的玉米
我们痛苦呼吸
而唯一的食粮去了天上

雨水！雨水

那么多人

那么多人祈雨
那么多躯体匍匐在地上
那么多灵魂仰望上苍

雨水啊，雨水
被神灵们驱遣到远方的雨水
遣驱到渴望阳光地方的雨水

雨水落下来了

天啊，雨水
雨水落下来了
清凉的雨水，甜蜜的雨水
洞穿一切干渴的雨水
雨水落在脚前，雨水落进心房
雨水使溪流混浊
雨水洗涤蒙尘的日子与村庄
雨水啊，淅沥而下

雨水低沉滚动，向远方

雨水使家园复又闪烁天国的光芒
雨水使我们干涸的泪泉复苏
泪水啊，滚滚而下
淋湿孩子的脸，牛的脸

泥土，雨水落下来了
苔藓，雨水落下来了
荞麦，青稞和玉米啊
雨水落下来了
母亲，爱人以及孩子啊
雨水落下来了
沃土中的蚯蚓啊
雨水落下来了

天啊，雨水
雨水落下来了

我没有去送葬

送葬的人们，排列成行

表情阴柔，犹如一群宿命论者
智慧而困惑，犹如
团团了无思想的灌木荫凉

送葬的人们在狭窄的路上
前面是永远的岩石，后面是短促的玉米
他们抱着捆捆的干柴
在往火葬地的路上抱着捆捆干柴
就像平常抱着锄头和小孩
他们面容黯然，为一个逝者默默哀戚

送葬的人们越走越高
把谷底的村子抛在身后，并且歌唱
男人和女人在歌唱
老人和少年在歌唱
像是远离孤独的村子
歌唱的人们仿佛要去到天上

留下我，目送他们
并且照看畜栏中的牛
园中的苹果，核桃以及药草
地窖中的针线，茶叶以及盐

村　庄

俄比拉尕，众多的村庄
从新秀的麦苗
与三月梨花的香气中缓缓升起
一只两只或更多的陶轮
旋转、加速、嗡嗡作响
成群的蜜蜂
在清新空气中用透明的翅膀
快乐而轻捷地飞翔

俄比拉尕，这片土地
三月的春天脆弱而又诚恳
阳光娴静像微笑一样
蜿蜒的小路旁渠水在行走
手持纺锤的女人明亮而窈窕
那些小路直达天边
暮色到来，村庄沉落
梦想升起是月亮淡淡的晕圈

群 马

黎明
一些岩石般的影子来到河边
太阳使这群红鬃马屹立起来
它们昂首于河岸和五月最初的绿色消息
宽广的沙滩向上游缓缓漂移

河给我一双移动的眼睛
屹立不动的故乡河岸与群马
缓缓漂移，向东方雪山的圣洁之光
永恒的河水并不流动
群马漂进年代深处
那些深处的时间一动不动
红鬃马的躯体石化，身侧的肋骨历历可数
尾很刚健，腿上布满筋络与血管
只有鬃毛轻微翻卷

群马在向晚的风中蹶动四蹄

欣喜于夕阳缤纷的艳丽
它们乘夜色飘然逸去
皮毛上漾动水的光芒

回　想

梭磨河
你岸边潮湿的丛林幽深又神秘

散发出雾中清晨徘徊的马匹的气息
鞣制的鞍鞴上皮革的气息
刚刚醒转于露宿大树下的猎鹿人
嗅到石板路上女人湿漉漉脚印的气息
这些女人猫一样蜷缩在梦中
腋下散发出慵倦的气息

露水打湿石头，气息
野雉啄破松蘑，气息
野兽拱翻湿泥，气息
木头奶桶，奶，乳头
乳头上手的肌肤，气息

啊，野芍药，池塘底的淤泥

以及正在苏醒的畜栏的气息
记忆之手抚摸到断桥留在水中的木桩
怀乡的忧思泛起甘甜的气息

河风吹开寂寞的大门

寂寞
一只天鹅产于平坦沙洲上的一只巨卵
这只卵是形状奇特的灵敏耳朵
听懂了河的语言
听到浪花
听到万里之外幽静的大海里盐的生长
那是从我们舌尖溜走的
各种器皿中未能沉积下来的生活的味道
不论是一只银碗，一只铜壶
还是那尊歪在地头的陶罐
当然应该知道：也有盐沉积在骨头里面
而我啜饮的杯子只是照见我的脸
不知道自己是一株什么植物的种子
在以什么为根的季风中飘落何处
所有植物的根都伸向水
河的流域也是思想的流域
寂寞

叫人感悟一种高深的哲学
温润的河风吹开寂寞的大门
一切都柔顺地涌流坚韧地涌流
河的语言血流一样冲击心坎

磨 坊

有一角记忆浸透了青青水草的气息
被水泡出朽腐味的木质水槽的气息
而水流冲击下旋转的木轮
和陡起的旋风取得一种默契
所有力量都想拔地而起
山崖后蓝空深深青草年年疯狂

但是父亲，你卸下石磨开凿新齿
你说：压在木轮上这石头多沉
你挥动一只纹理纠缠的木槌
木槌举起，木槌落下
阳光像一道钢铁屏幕落在我们中间

你的情人袒胸坐在远处
羊毛陀螺旋转又旋转。她叹息着落下手臂
你也落下手臂
望到满眼绿草正哗哗燃烧

在似梦似醒的边缘
我空手抚弄一支想象中的音乐
触摸有力而轻盈的水流

啊，我记忆深处
扔着几块散发磨坊潮气的石头

信　札

梭磨河！梭磨河
我拆读你辗转而来的信札

信中说大片森林已被彻底摧毁
富于情感的长歌与饱含树汁的神秘传说
都被烈日曝晒在累累砾石中间
山坡像一张死兽身上的腐皮

你知道那个老人
和大家一样给最初的卡车备下大堆饲草
他家祖孙三代被泥石流埋葬

百兽已不复存在
许多村口却贴上了禁猎的布告

啊，故乡的河流
你的来信字母中喷吐着焦灼的火焰

我看见你岩石额头上皱纹深深的模样
在下游大河中喝到的水中尽是你的泥沙

这些泥沙孕育过种子的胚芽
被露气浸润后印满百鸟的足迹
啊，这些泥沙现在硌在
我的齿缝和大脑沟回中间
神经束中间，硌在我运力的肌腱中间
行走的时候叫我难受

信纸铺在我面前
杯中苦涩的啤酒泡沫渐渐消散
我感到一缕清风起自夜半的井泉
笛音在字缝中在残存的树影间啜泣

我感到岩缝中泌出坚硬的硝盐

静夜思

今天晚上宜于静默

幽蓝的残雪仿佛心头隐秘的创伤

看吧，月光和寒意

这两种没有分量也没有影子的东西

穿过寂静

仿佛穿过没有四壁的高大房子

想起些躲在窝里的东西

比如鸡，比如绵羊

想起被人仇恨的东西，比如狼

比如狼的情感以及思想

想起入睡很早的村庄

仿佛戏剧里的虚假布景

仿佛我们梦想的易碎的边缘

而真实的是，冷霜在大门的石阶

在院子的栅栏上生长

像盐在远方的海中生长

像清冷的言辞在心中生长
在我借宿的地方
点燃取暖的火炉
我不知道煮茶的盐在哪里
也不知道今夜的梦在哪里
只有喜欢温暖的诗句逶迤而来
看见我拱肩缩背
看见屋顶压着深厚的积雪
无风，烟囱里升起淡淡青烟

春 天

所有西向流浪的风
开始向东回返
这就是一种季节：春天
萧瑟的花园眼睛一样潮湿
苹果花香气四处游动
阳光躺在干燥的门廊

而在我身后
是那舌火苗
在严冬里给我佑护的那舌火苗
在幽暗高大的房屋深处
在那里兀自燃烧
那时，我像一团被雪水打湿的泥巴
像一只迷路的动物

现在，季节之手把我的心灵
从幽暗的温暖

回忆一般的温暖中剥离出来

那舌火苗依然在背后，在时间深处

像是许多代先祖的眼睛汇聚在一起

穿过我的肉体，看见

我的心灵，像

一朵洁白梨花的香气，一块生长中的水晶

在春风的绸布上缓缓凸现

铜　鹿

鹿子安然，在
寺庙的顶上守护法轮
像守护一种最明净的火焰
鹿子，在静夜
在有形无形的风中
啜饮星光与纯净的露水

鹿子纯洁无瑕
鹿子刚刚诞生
依然沉浸于初生的思绪
依然六根清净

鹿子用黄铜塑成
鹿子不生坚硬的角

而经幡兀自招摇
兀自在风中替人祈祷，空对

不懂哲学与时轮的年年春草

庙顶上永远吮吸清露的鹿子

永不知道青草的复杂味道

匠人雕塑鹿子时喝过淡酒

想起僧人禅定有一种幽默心情

匠人想：有霜的夜晚，庙顶很滑

羊　群

羊群惶然，而且孤单

而且瘦骨伶仃

而且毛色驳杂

而且没有胡须顺利生长者成为酋长

它们向四处走开

做出将要突破窘困的姿态

所以蹬踢石头落入滚滚的大河

浪花升起又降落

迅疾仿佛穷人收敛暴富的念头

犄角之间的脑海中幻想的声音消逝

它们悄然回头，汇聚在一起

在洪水期大河的咆哮里

在山体浓重的阴影中

像陷入穷途的哲学家

咀嚼空气，或一些类似于空气的东西

牙槽错动而没有声响

冥冥之中有声音一万次告诫
峭岩中的荆丛将绽放鲜嫩的新芽
饥饿之中要坚持等待

羊子们恭顺聆听
眼珠一片银灰，像宿命论者
只是竖立在四肢难于负载横卧的脊梁
众多的杂念使脑袋低垂

那群山羊悲哀，而且无助
而且瘦骨伶仃
而且毛色驳杂
而且没有任何一只幻想成为酋长

群山，或者关于我自己的颂辞

1

我坐在山顶
感到遥迢的风起于生命的水流
大地在一派蔚蓝中狰狞地滑翔

回声起于四周
感到口中的硝石味道来自过去的日子
过去的日子弯着腰，在浓重的山影里
写下这样的字眼：梦，青稞麦子，盐，歌谣，
       铜铁，以及四季的桥与风中
       树叶……
坐在山顶，我把头埋在双膝之间
风驱动时光之水漫过我的背脊
啊，河流轰鸣，道路回转
而我找不到幸与不幸的明确界限

2

现在，我要独自一人
任群山的波涛把我充满

我的足踝
我的象牙色的足踝是盘虬的老树根了
一双什么样亘古但粗粝而灵巧的手斫我
成为两头牦牛牵挽的木犁
揳入土地像木桨揳入水流一样
感到融雪水沁凉的滋润
感到众多饱含汁液的根须
感到扶犁的手从苍老变得年轻
感到划开岁月的旋流而升入天庭
而犁尖仍在幽深的山谷

感到山谷的风走过，把炊烟
把沉默带到路上，像驮队
把足迹带到路上，像有种女人
把幻想带到我们心头一样

啊，一群没有声音的妇人环绕我

用热泪将我打湿，我看不清楚她们的脸

因为她们的面孔是无数母亲面容的叠合

她们颤动的声音与手指仿佛蜜蜂的翅膀

还有许多先贤环绕我

萨迦撰写一部关于我的格言

格萨尔以为他的神力来源于我

仓央嘉措唱着献给我的情歌

一群鸽子为我牵来阳光的金线

仙女们为我织成颂歌的衣裳

3

啊啊，一种节奏！一种节奏

一种海浪排空的节奏

古老传说中某一峰有一面神谕的山岩

我背上我最喜爱的两本诗集前去瞻仰

去获得宁静与启悟

传说得到点化的人将听见天空深处海螺的鸣响

（那是整个世界的先声，是关于
过去、现在与未来的辉煌箴言）
听见红色的血终归要流贯万年

一周以前，我还在马尔康镇的家中
和一个教师讨论人类与民族
和怀孕的妻子讨论生命与爱恋
而现在是独自一人
一个孕雨的山涧黄昏和我说话
铅云低垂，紫燕低飞
蛇蜿蜒以蛇的姿态像水流淌
是一种明了而又暧昧的语言

4

海子依然沉默
依然沉浸于初生或垂暮的思绪

一切都从心形的碧蓝湖泊开始
我，只是洗去了童年时两颊的污黑

毒针一样刺入味蕾的仍是兽类的肉汁
我放牧过的牦牛依然嗜盐
它们静默地咀嚼一些模糊的记忆
对它们吐出亲切话语的唇齿已经消失
苦咸的味道像岩石中泛出的盐霜

只有诺日朗的英名依然光华灿烂
你英俊挺拔的男神啊
你说：女性可以入梦
你说：狮子已经走远
你说：湖水必须一派蔚蓝
我在湖岸上，和一群树站在一起
听见你说：人眼是混浊了
而海子必须一派蔚蓝
瀑布在夜色中像一扇铝箔门
坚挺而又柔软
它的光色是另一个黎明的光色

5

或者我依然缄默无言

我是我自己

我也不是我自己

是我的兄弟，我的情侣

我的儿子，我的一切血亲

我植根山中的同胞

和我出生那个村子乡亲一样的同胞

我是我自己时使用父亲赐我的名字

不是我自己时我叫阿来

这是命运赐予我的名字

6

我依然缄默无语

树荫像佑护我的所有亲情一样张开胸怀

杜鹃、杜鹃、杜鹃

五月的杜鹃花热烈地开哪

五月的杜鹃鸟婉转地啼哪

遂想起：人类忧伤的故事堂皇富丽

逝去的角号声里有动人的凄泣
啊，背后又一眼泉水突破了地表
惊喜。惊喜。惊喜
我对群山一隅久久地注视

啊，泉水边的花朵，以及
青空中的鸟鸣
——背弃你们我不能够

7

月亮正在落下，太阳正在升起
我抵达一个村庄，老人向我指点夜的残影
我指给人们我在山上避雨的高大云杉
招待我的女人哪，我嗅到
你身上炒米与凋零的梨花的味道
乡亲，我不是要专写忧伤的诗句
五月凋败的花朵绽出等待十月的果实
这是甜蜜的味道
暮春里村庄的味道

一切新婚受孕的精子的味道
这是我走过的无数村落中的一个
一个玉米、苹果、梨子的村庄
泉眼中涌出珍珠般滋润沉默的村庄
这些都和我出生的那个村子一模一样

8

在一个被干旱与旋风折磨的村子
听到如下歌词

——夜色是一件蓬松的羽毛大氅
梦一样！梦一样
披上它就把昨天披在了身上
把昨天清新的树林披在了身上
把昨天湿润的和风披在了身上

这个村子在滚滚的砾石中间
像一只流尽了汁液的鸦片花苞
森林已经毁灭，鹿群已经灭绝

这个村子不是我出生的村子
而村民们善歌却和我出生的村子一模一样
歌声、歌声
歌声被风撕扯仿佛村口禁猎的布告一样

9

我的头颅，我的腹腔
仿佛一只水晶坛子，仿佛空旷的山谷
那么洁净，充满回声
我像一个喇嘛
走下寺庙前的石阶
只感到背后的建筑，石块上压着石块

痛苦而又峭拔
感到风吹动曾经有过的头发
感到血从某个不可见的创口淅沥而下

其实我是在走下大片的岩石
感到自己难以从岩体中分离出来

山下，男人们在淘取沙金
女人们在编结毛绳

远方的海洋中盐正在生长
南方丘陵上茶树正在生长

寂静，把我变成一只待孵的鸟卵

10

寂静
寂静听见我的哭声像一条河流
寂静听见我的歌声像两条河流
我是为悲伤而歌，为幸福而哭
那时灵魂鹰一样在群山中盘旋
听见许多悄然而行的啮齿动物

寂静刺入胸腔仿佛陷阱里浸毒的木桩
寂静仿佛一滴浓重的树脂
黏合了我不愿闭上的眼睑

我在这里

我在重新诞生

背后是孤寂的白雪

面前是明亮的黑暗

啊，苍天何时赐我以最精美的语言

11

我正站在岷山之巅

看到所有河流都巨手一样张开

沃土与沙砾堆积在巨大的峡口

锋面雨在远方淅沥

而我父亲的儿子已经死亡

我的脸上充满庄严的孤独

——我乃群山与自己的歌者

我的嘴唇接触过许多嘴唇

许多迷乱的狂热与纯洁的宁静

我不说话

我只通过深山的泉眼说话

最初的言辞是冰川舌尖最为清洌的那一滴

阳光、鸟语、花粉、精子、乳汁

这一滴是所有这一切东西

我已石化，我

不再徒然呼唤一些空洞辉煌的名词

我只伸出风的手臂抚摸

手，手，疲惫而难于垂下的手

第二辑
如何面对一片荒原

抚摸蔚蓝面庞

日益就丰盈了，并且日益
就显出忧伤和蔚蓝
已是暮春，岸上的泥土潮湿而松软
树木吮吸，生命上升
上升到万众植物的顶端

在奇花异木的国度，爱人
笼罩万物是另一种寂静的汪洋
是什么？你听
启喻一样荡气回肠，凌虚飞翔
九个寨子构成的国度
顷刻之间，布满磨坊与经幡
顷刻之间，蔚蓝的海子就星罗棋布
花香袭满心房
众水浪游四方
路以路的姿态静谧
水以水的质感嘹亮

就这样日益幽深

是蓝宝石的深渊，绿色宝石的深渊
爱人，停下你的枣红马
看新生的云朵擦拭蓝天
水声敲击心扉时，你听
即将突破地表是更纯净的泉眼

在潮湿松软的曲折湖岸
野樱桃深谙美学
向忧伤的蔚蓝抛洒白色花瓣
爱人，你的形象
时间的形象，空间的形象逐渐呈现
水的腰肢，水的胸
水的颈项，水的腹
都是忧伤蔚蓝海子的形象

金　光

今晨，我看见一束金色光芒
穿过诺日朗瀑布那银色水雾，在两
株挺拔云杉中间，落在了我额头
的中央……
那时，鹰隼在高高的天空
中间是开花的野樱桃，背后也是
樱桃花沾满露水闪闪发光。
而下面？下面是什么？
谁的双眼中泪水盈眶？

看见金光!

金光来自高峻雪山的顶端!
那座男神的山峰——达戈：爱情的
捍卫者，老百姓的英雄。今晨，
猛然一下，他就复活了，英名光华
灿烂，使我沐浴金光!

清纯的水四出流浪，像风

风走上山岗，而水哦走下山岗
雪山仍在原来的地方，越升越高。
礼赞的瀑布轰轰作响……
我要紧闭厚朴的嘴唇，不让一切所
爱的名字脱口而出，一切要在心中
珍藏，她们的名字不能跌落尘埃，因
为我将再度离开。

就是这样，在我
肉体与精神的双重故乡
我看见金色光芒，刃口一样锋利，
民谣一般闪烁，从天上，从高高
雪峰的顶端降临，在诺日朗瀑布
前面，两株挺拔的云杉中间。

沐浴金光！
沐浴金光的人啊，看见
众多的水纷披而下，轰轰然大声喧哗

歌唱自己的草原

云朵中的绿松石
波光中的黄金与白银
水晶脑袋的神灵坐在银杉中间
它们闪闪发光就是歌唱
歌唱瓦切草原，其钦洼草原

鹿群饮水，吃草
在天下众水的故土
羚羊在四时不断的花香中奔跑
天啊，赐给我们的正午尽善尽美
赐给我们双眼皮毛漾动的动物
犄角优美，身手矫健

温泉的火苗在空明中抖动
红衣喇嘛坐满丘岗
祷词使牦牛硕大的脑袋低垂
天鹅在圆满的湖泊

是朵朵莲花在心湖上显现

草原：身上的黑斗篷宁静
案前的白乳酪精湛
用宽阔歌唱自己幽深的草原
就这样歌唱自己
用每一只飞鸟的影子
用每一块圆润石头的沁凉
早在所有鲜花未有名字之前

庞大家庭

庞大家庭
血脉贯通并抵达
一张张脸，闪烁，犹如生动的铜盆
那么茂密，入药的罂粟，藏红花
在园子里开放，色彩浓重

这是迅速勾画的一个场景
一次夏天，一顿午餐
在高大坚实的家屋外边

祖父的额头日渐光滑明亮
和祖母的手臂一样，和
紫檀木雕成的一样，回声犹如黄铜
家人团聚的日子，在中央
多皱纹的父母承上启下
传递奶罐、茶、辣椒、盐
盐闪烁像奉在门楣的白色石英

我的同辈，兄弟姊妹

这个说：饼，那个说：奶
每一张脸彼此相似，都像
树上被晒出紫红的果实
悬在空中是很长的时间很宽的空间
现在，听哪
茶在大家庭的血脉中声音细软
酒在大家庭的血脉中声音粗放
血脉贯通，同一种血抵达
一张张坚定固执的脸，声如铜缶

稍候片刻
表妹们，堂兄们
将要来到，第四代人在寂静的正午
在姐姐们腹中制造震颤
家园的堤岸坚实而庄严

草

如此汹涌的光的海啊
把风推动得如此迅猛
这就是草，从寂静中醒来
毫无意识就推动了世界

草，摇动；草，歌唱
把夏季变成一个浩大的盛典
来自最沉静的生命中心的草啊
什么样的锋刃也不能将其杀伤
草以如此细密而敏锐的触角
绵延不绝行走在蓝天下面
不论在高处涌起
还是在低处汇聚
都是如此强横，都是
毫不容情从大地劫掠了荒凉

有着闪电般灵魂的草啊

酣畅淋漓走遍世界

失去了多少又得到多少
挟带了风与阳光
无比嘹亮，激情如此澎湃

如此迅疾的风啊
如此汹涌的光芒啊
是草在摇动，是草在歌唱

冰　冻

在冬天迎风北上
红日从背后落下荒原
没有什么会在眼际停留
风是多么快速，滑过冰面

我站在这里，在风中
不明白自己何以要在这个季节
来到这一无所有的湖边
难道只是为了知道
光滑的冰层怎样挡回阳光
但它向水的一面，它的里层
并不光滑如镜，而是
犹如渗透生命的时间
悄无声息，长出一枚枚水晶的锋芒
向着湖泊的腹部，向深处
向残存着回忆般温暖的地方
从而刺伤鱼类关于夏天的梦幻

我在这里，在风中

我说：你们日益晶莹
而又日益凛冽着的水啊
一块镶满星光的冰冻上了指尖

永远流浪

那天，在绝壁上独坐
看见一头野牛，急速穿过
悬崖前俯冲而下的大片荒原

我才突然明白，自己
一直把内心当成一个小小的国家
有自己的季节和对天气的预感
在砾石与悬铃灌木的地带流浪
从黑色柏油路到简易机场
乡村客店的女招待茫然而耐心
加油站前，有人贩卖过去
刀、剑、马鞍、铜钱
在无人区，静寂让我多次醒来
眼睛里落满星星的光芒
想起流浪是多么好一张心的眠床

终于，在无路可走的地方

苦苦寻求的东西，让一头
毫无喻义疾速奔跑的野牛牵动
从内心出来迅速展开
我看见冰川舌尖濡出了最初的一滴
颤动，而且闪烁着的
世界与心灵的声音和源泉

就是这时，我才明白
一直寻找的美丽图景
就在自己内心深处，是一个
平常至极的小小的国家
一条大河在这里转弯
天空中激荡着巨大的回响
这个世界，如此阔大而且自由
家在边缘，梦在中央
就是这个地方，灵魂啊
准时出游，却不敢保证按时归来

星期一，开始上路
经过一些湖畔的别墅
和幽居其中的她们亲吻，翻阅影集
这时，花瓣落满了南方

星期三，拜猎人为师

学习欣赏动物的灵感
抚摸自己迎风而起的毛发
在一株云杉的阴影下面假寐
尝试一只狐狸简单的梦想
剩下的时间，经过一些阴天
更多却是明朗的地方

到达时，已经忘了是星期几
但却登上了绝顶处
看见一头野牛，急速穿过
悬崖前俯冲而下的大片荒原

狼

它的双眼，比
黑夜还要深，还要寂静

它的爪子，比
悲痛还要锋利，还要明亮

它的步态，比
风还要起伏，还要强烈

它是狼
阳光普照时和我们毫不相关
它那时在自己的深山
它那时是在自己的荒野
只有夜色在群山中苍茫
只有目光在大河上浩渺
只有当我忽然寂寞
想起了岩石和野草，想起风

狼，才在眼前浮现

走出了群山深刻的皱褶
它的步态啊，比
风还要起伏，还要强烈
它的长吟啊，比
所有刀锋还静，还宽阔

声　音

咩——
我听见了这个声音
在一个光线稀薄的夜晚

是一只羊的声音

是一只头羊
处于领袖地位
一对大角缓缓生长了好多年
终于强横地伸展到空中
它叫了一声，然后侧耳倾听
在风与草合奏的旷野
野樱桃树一株株走向遥远
咩——
它又叫了一声，声音里
依然是羊子声带的震颤
羊子心头的软弱，依然是

多年隐忍后对权力的陶醉

无数次走过草原
都看见头羊这样鸣叫一声，看一看身后
或者不看身后，开步走向新的水草
带着大群的部属，沉重的责任感
身后是顺从，是对领袖的希望
咩，咩咩——
只要一有机会，只要有羊带头
那样默默咀嚼不休的羊群啊
却也是那么地喜欢叫唤
母羊们表达爱情，公羊们则在诽谤
小羊们日渐宽广的胸廓是在歌唱

但我却无从知道
何以在这时想起了这个景象
于是，我像那只号召的羊一样
叫道：咩——
而且听到空旷中声音此起彼伏
于是，我又像呼应中的羊一样

一匹红马

一匹红马
站在经过了秋霜的旷野中间
金色旷野，灿烂而又辽远
我们日渐遗忘的精神的衣衫

红马听见风在旷野边缘
自己昂首在一切的中央
俯首畅饮，眼中满是水的光彩
时间之水冲刷着深厚的岸土
而红马，总是在岸上，在退却中的旷野
英雄般的孤独而又庄重
带着它的淡淡的忧伤，走上了山岗
在若尔盖草原，黄河向北
岷山之雪涌起在东边
就在这大地汇聚之处
一匹红马走上了浑圆山岗
成为大地和天空之间一个鲜明的接点

在人神分野的界限

轰然一声，阳光把鬃毛点燃
这时我们正乘车穿过草原
红马的呼吸控制了旷野的起伏
天地之间正是风劲膘满
我说，红马呀
你的骑手不在我们中间
对于我们，一条路就是起点和终点
忽视过程也就没有过程
当你偶然撞进我们的视线
虽然你带来的诱惑是如此开阔
但你的奔驰又是那样动荡起伏
所以红马呀，你的骑手不是我
你的骑手不在我们中间

于是，红马就消失了
就像从未出现过一样，留在心头
是一颗正在变冷的恒星的光斑

里边和外边

这是怎样奇异的景象
树和树站在一起
湖水高悬在光芒中间
在这只能用双腿行走的路上
我在回想一匹白马的名字
想象她是如何轻盈而又矫健
让我骑乘到一座精神的村庄
鞍上的皮革动人地柔软

现在，我徒步在早晨的路上
太阳越升越高
月亮仍挂在树的篱墙
太阳外边是它的炽烈
月亮外边是它的忧伤
而里边又是什么

从外面，只看见

树和树站在一起

一旦深入，就发现
那么的紧密是因为
所有的树都想往外走
中间却是那么的空旷
爱人啊，这就是中央
中央的湖泊像一只泪眼
鲜花和蝴蝶是美丽的镶边

夜　歌

小路边鲜艳的花朵
春天招摇的新娘
次第进入静谧的夜晚
在深山，在草原
都有一些孤立高大的寨楼
一级楼梯向高处盘旋
星星的河流漂浮不定
这些梯级的拐角都有明亮的火烛
静静地燃烧，这是
一个漫游者可能经过
并且借宿的地方
这里，安卧的人不会风一样逝去
只是在静谧和幽深中
和夜的呼吸融为一体

夜半醒来
有一扇扇窗户可以瞩望

看水啊慢慢升高

一群群生物的梦境漂浮
新娘们卸下了花香的衣裳
时间的流苏上露水淅沥而下
花朵光洁而沁凉
芬芳的钟声响彻心房

金 枝

像声音击碎水晶

冲破光滑明亮的严寒

虬曲而出，那些沙棘

白桦，红柳的坚硬枝条

黑夜的树枝一丛丛隐含愤怒

燃遍黎明初降的荒野

像一丛丛黑色的火焰

使寒冷的河流蒸腾出茫茫雾气

高的风打扫天庭

低的风在众鸟的合唱中旋转

在居里日岗的峡谷

在扎亚夏克的高岗

一切朝阳磅礴升起的地方

那里，光秃的树枝闪耀金光

解说辞

同志们
我们来看这棵树
它的躯干高直，光滑
冠盖华美，巨大，庄严
它不说话，不想说话
但记忆犹新，是对一切灾难
这个坚强的幸存者
夜晚吮吸满天星光
黎明挥洒众多的飞鸟
翻掘它的根部吧，同志们
那粒粒琥珀是生命的结晶
是朴素光洁的话语

看哪，同志们
这是一株紫杉，杉果累累
像古代先贤们后园里的葡萄
我看到你们频频回首

而我依然坚持指出，同志们

那些累累杉果像精美的宝塔
表皮的紫红仿佛梦想的外衣
覆片渐次张开像风铃中的飞檐
种子带着透明的羽衣飞扬而下

同志们，稍候片刻
每人可以捎带一粒种子回家

牛角号

以远胜过舞台剧的庄严
从岁月的深处显现
吹你的男人是太阳
吹你的女人是月亮
动人的声音，回响
在我们生命之后与之前
在我们思想的里边和外边
天空是深远的天空
岁月是丰厚的岁月

当野牛成群仆地
以岁月延伸的必然
以人类分娩的必然
角号
冉冉地从天空深处得以呈现

角号

把山脉吹成你的嘹亮

把草原吹成你的深远
吹雷霆为鲜花的欣喜
吹冰雪为大地的愤懑
把情感吹成遥迢的风
拂动人心的潭水粼光点点

被一种回肠之气
豪迈之气所吹响
我们没有对岁月转过脸
而对多雨雪的天空频频呼唤

马的名字

下面尘土翻滚，上面
是飘逸的云团
中间是一道闪电
击中了大地裸露的神经
那种夺目的光芒，击中了
从天而降的鹰翎的锋刃

在如此空旷的地方
大路迅疾向西
是黎明时分，我想起它们
一个个名字，潮润而又亲切
就看见一匹匹马的出现
在飞掠向后的景色中
带着露气与云雾
泥土与花朵混合的气息
由低到高，由晦暗到明亮
顺着上升的气流，马的名字

——出现，金鞍银镫

叮哨作响，如此腥膻热烈

汗水的气味啊，血的气味啊

汹涌在日出时一片金光中间

湖边的孩子

面孔污黑，眼光明亮的孩子
坐在湖边，牙齿
叩开一枚枚坚果的暗室
那样地用青草在指间环绕
磨坊厚重的门楣下
湖水荡漾天堂般的光芒
在我们九座寨子的山间
寂静中回荡的，是
马匹的故事还是羔羊的名字

孩子，在盛满了蓝天的湖边
一片片鸟羽依然活着一般
那些水光的边缘，闪烁不定
青稞与荞麦正在成熟
父兄们在离水很远的地方狩猎
母亲们渴望的手伸向牦牛的乳房
只有对世界一无所求的孩子

环坐湖边，用清澈的双眼

描绘出幽静深远的夏天
自在而圆满的水啊
潺潺流淌，顺着浅尝辄止的水渠
穿过灌丛时摇动了鸟巢
飞跃而下冲转了石磨
湖边的孩子啊鼻孔翕动
嗅到了新鲜的麦香
我简短的诗句包容着如此众多的有福者
选择一些特别的早晨来讲述他们
像交谈，也像喃喃自语
一架钢琴暗中从无到有
难忘的段落反复涌向手指
把秘密的涟漪带到你们中间

那么这也是你们自己与季节的遭遇
同样的激动，同样的阴影和狂风
在不同的国度
千差万别的手在接近曲谱的发光部分
使人在静夜里想含泪的
就是这些
在不同的语言中继续着的古老的声音

采撷宝石

山谷在高处，靠近雪的地方
犹如一朵花的出口豁然开朗
宝石的声音四处萦绕
那些厚朴岩石的嘴唇歌唱
世上最后的深山啊
有许多精灵，比猫还乖
比鱼光滑，像隼
比一道闪电还快

寻宝者，骨殖亲吻着潮湿的泥土
而宝石精灵，如此惧怕腐烂
惧怕如此巨大，才能变为魔法
使灼热的肉身消遁到岩石中间
了无尽头，那些高峻的额头
才深藏着许多凝聚的光芒
闪烁的中心更加闪烁不定
是比水和风还要动荡的啊

是雪崩使之重现于世的啊

宝石从深处呈现
宝石从高处跌落下来
破碎了依然是更多的完整
宝石：光芒的子宫
诞生了怎样亘古的寂静
几株松树下面苔藓蔓延

如何面对一片荒原

如何面对一片荒原
当大地涌向中心
高处的平旷被劲草不断拂动
犹如一声浩叹绵延不绝
那些粗糙的边缘，是雪山栅栏

如何面对一片荒原
当粗糙的边缘嵌满宝石
更为精致地嵌满天堂鸟的双眼
转动不停，闪烁不已
当雨落下，花朵和苔藓
微弱而广泛地吟唱

在阿吾塔毗，在热当
荒原上居高而开雪中的花朵
短暂，却有无可比拟的鲜艳
是奇妙的药物

脆弱而又锐利
骄傲而又诚恳，深入了膏肓
现在，只是在雪化为雨的地方
在金属般闪烁的岩石肩头

就这样深入荒原
一个人，一匹马
马背上驮着笛子和宝典
我的背后，雪崩似的溃散下去
许多时间，那种崩溃啊
擦亮了许多东西
在一座犹如祭坛的荒原边缘

一些水鸟

一些水鸟在湖边闲步
在适合水鸟闲步的季节

水鸟们像一群绅士先生
像一群知识分子
会在风雨中发出过于凄厉的叫唤
现在一切符合他们对意境的界定
湖水倒映山色
脚踩在水中的云上
阳光水一样滑下光鲜的羽毛
重要的是寂静

使水鸟先生们意念专一
自信地使水下的鱼群恐惧
使这想说话却只徒然吐出泡沫的种族
这个天罚如此的种族保持敬畏之感

很好，很好
某一水鸟元老说
这样很好

水鸟一边闲步一边讨论生存哲学
哲学的核心，冬季必须消失
鱼群停止洄游
单吃水蛭不符合营养配方
前提：水蛭总是有的
甚至它们啄食鱼苗的时候
荡起的波纹也是从容而圆满

一些水鸟在湖边闲步
很细的长腿与弯曲的颈项都很优雅
以及鸣叫的姿态
以及眨眼的姿态

致

心中的空旷不是来自前瞻的迷茫

这时，庭院扫净了落叶
果实离开枝头，剩下风
以及断续的虫吟与黎明的冷霜
穿过空旷的是各种夜行的啮齿动物
这些行将老死但有了后代的动物
它们慌张地在地下穿行

这时，原野上的道路深潜于枯草
集会后的广场上风卷动废弃的纸张
那是人们擦过鼻涕的纸
虽是彩色但不是一代人的梦想

啊，一张枯叶在脚后翻转
听吧：时间之门
一扇扇在背后决然关上

心灵假期

1

在一条长河源头
饮水的鹿群，头顶茸茸的六月
警惕使其更加灵便而敏感
我只是轻轻地一声呼哨
它们就飞奔而去，只留下碧青的草甸
比天空更寂静，比嘴唇更潮湿

生命中这一短暂的瞬间
因为天空和嘴唇更加宽广，就像
眼下这纬度高处的地带
在鹰翅与风之间，冻土悄然融化
濡出了最初的水，盈盈地，在今天
独语的心灵和歌唱的云雀间闪烁
从而使我同时领受了欢愉和忧伤
小小的湖泊啊，映现我静穆的脸

背后，整个世界倾盆而下
是这最初的寂静与水流冲激而成的啊
只等我们转过身去
就会扑溅进天空的蔚蓝

2

我说，这已经足够
因为有这命运一般的伟大旷野
我说，这已经足够
不是指鲜花，或者权杖
甚至不是指忠诚与爱情
仅仅是指眼前亘古如此的景象
比如：一朵挣脱了尘埃的凤毛菊
一条雄伟的花岗岩脉，比金属更明亮
一对羚羊的双眼，犹如深潭
所有的眼睛啊，飘过云影与花瓣
听！是什么声音在寻找出口
要潺潺流淌，被草木的根须吮吸
被岩石和风所喷吐

这样，我的心房已经是一个巨大的蜂巢
悬挂在大树上外表朴实
内部甜蜜，洁净，而且不断吟唱
在草原和群山的过渡带上
那里，既是边缘又是中央

3

是早晨了
一座座石砌的房子
窗台铺满了兽皮，苔藓开花
疏远的树站在天边，彼此独立而又相互关切
心灵的假期，身下的褥子里絮满清芬的干草
思想像这些旷野高耸而又开放
所有事物，微笑着歌唱
扶摇而上的那柱旋风
和晴朗天空抛撒一群欢乐的飞鸟

一个农人的画像

俯身在一座小桥的木栏
身后，市集上的人四处走动
尘土与声音飞扬到高处
面前，大片的庄稼在阳光中喧哗
几个草人被风震动阳光和衣衫
一个红脸膛的农人
却在玉米和草人之间一动不动
他的身躯高大，胡须像玉米的红缨
有着自己的表情和变化
那手不曾为风所动，只是深情地抚摸
抚摸一个个正在灌浆的穗子
在正午时分，那手指张开
像老树的根须植入了阳光和花香
汗水打湿的脸，显得就像
绿叶荫庇下潮湿的泥巴，在朴实中庄重
在诚恳的梦境中缓缓走动
对我抬抬他很有分量的帽子

转身，走进了深沉的绿色中间
走进了玉米深处，泥巴的深处
留下我，在一座小桥上
抚摸着温暖的木头栏杆
转脸向风，恍然看见
风中驶来秋天黄铜色的车马

这些野生的花朵

众多的花岗岩，和
一些关节臃肿的孤独柏树
顺大河一直往东，稍稍偏南
是尘土与骄阳之地，直到
那个从前不叫泸定的地方

从前叫什么名字？我问
只听见大河穿过浓重的山影
只看见这些野生的花朵，顶着骄阳
围绕那些干旱的村庄
这些野生的花朵
没有名字依然闪闪发光

几年以前，我曾顺着大河漫游
如今记忆日渐鲜明
在山前，在河岸，野花顶住了骄阳

花叶上没有露水，只是某种境况的颜色
只是柔弱而又顽强的枝叶

今天，当我读着一本带插图的药典
马尔康突然停电，使我看见
当初那一朵朵野花，挣脱了尘埃
饱吸了粗犷地带暗伏的泉华
像一朵朵火焰，闪烁着光芒

根据一本喇嘛谱写的药典
我才认识这些普遍的花朵
是一些有利身心的药物，啊
是什么样的手指，灵巧而一往情深
引出了淡薄花香深长的脉息
野蔷薇，花瓣如此单薄
并不比枝干的颜色更红
蓝色鸢尾有飞翔的姿态
那种蓝色，不能不叫沉郁的大地更加心伤
铁线莲想在栅栏边捕捉什么
飞燕草，点地梅，马齿苋
在遭受烈日暴行的地带

花朵的抵抗如此坚定而广泛

几年前，一次短暂的漫游
我一路看见它们，并任其流落至身后的荒野

致领诵者

1

已经蒙昧许久了

世界这所空旷的学院

你仍坐在中央倾听回声

我们在你的四周，比你低的四周

听到回声越来越远，越发坚硬

像一道玻璃屏幕落在面前

领诵的时候抚摸到什么？

目光深陷进牛毛斗篷

梦中是另一个地带

梦中花粉炫目，藤蔓纠缠

泉眼深陷，事物的指称屈膝在时光面前

领诵者，你沉思经年

在窗前的树子下面，默坐经年

在一树子鲜花下面
在一树子雪花下面

2

用金粉银汁书写箴言

而我一心倾慕的土司的女儿
在庄园深处，在丝绸的光芒中
梦幻的针刺破指尖
用血在月光的纸上书写
脸比银子还要苍白

如今，是春天了
王者的侍从们引领着新娘
你在危崖上雕刻谁的尊容
声音悬浮于有风的空间

3

仲夏夜，我来到你身边
你说，弟子啊，我说，在
你说，背诵经文三千册之第五函
于是我把你淹没在声音的浮沫中间

看哪，你的脸刻画了时间的表面
钟漏的声音去到远处，越来越远
在深处，是慢慢消失的一杯水
是一篇绵长无际的书的序言
把一种后盖打开，结构与神经就无限裸露
眼神疲乏犹如暗室的窗帘

祈求！是啊，祈求
背诵！是啊，背诵
悔恨！
闭关自省！
感受切身之痛！
现身说法！迷途的人们啊

这些蓝色的血管多么美丽

中间是怎样欲念的深渊

怎样反叛的激流！

红色的激流……，呵……

它们沉静了，被你邀来的神灵引导

被符咒驱向暗处

它们越来越深，越来越……暗

越来越远，难于回返

只剩下虔诚的风吹动草原

纯净之美的草的荒原啊

降临虚妄的平安之夜

湖水渐渐稀薄

思想渐渐暗淡

4

你说，我们去朝拜神山

那里的山洞伏藏过不朽的经典

那里，一个大师曾御光飞翔

出发的时候，我们呵气成雾
脚下的薄霜嚓嚓作响
那些静修者的山洞啊
厚积了鸟类梦遗的粪便
而你依然不知什么是形而上
依然纷披一身繁文缛节
听啊，远处传来了雪崩的声响
情景就像众多弟子的背叛一样

领诵者
你虚妄的声音不能驱动现实的群马
你禅坐的姿势那么富于美感
在深陷的岩石洞窟面前
崖顶是挺拔的云杉
夜深风凉，树上结满露水与星光

你这虔诚而孤独的引领者
现在已经是收获的秋天
明净而又戒条众多的夜晚

你镶满宝石的袈裟绚丽地招展

弟子们在阅读禁书

一些好色而丰富的传记

秋天树林回忆的荫凉啊

那样地不堪清风的重负

一匹匹黄叶飞坠而下

5

领诵者，你说有冰暗伏在地下

黑暗中的危险

犹如夏天的闪电

犹如准备出击的语言

你就说有光芒在高处

虽然你说，小心啊，小心

领诵者，我的喉咙已经暗哑

我要走了，蜕去神圣的外衣

我要走了，漫游的马匹在窗前守望
大师，我新的衣裳就挂在外面
在南方的星空下，纬度很高的地方
带着北方高峻的韵味和光芒

6

天亮的时候，领诵者
恍若隔世，我已和你相距遥远
大路上，以及一个个乡村广场
动荡的天空下蜂拥着人群

在眩晕的天空下面
一张张脸，是黑色的熔岩
是一团团酵母，丰富而又松软
在欢笑中逐渐凝固
在哭泣中逐渐蓬松
那样地滚烫，却又慢慢地凝固了啊

当众多光芒欢快向东
在眩晕的天空下面
母语，像满壶牛奶沸溢
在眩晕的天空下面
欢乐的笑颜中生长树
忧伤的泪光中飘动云

是春天了，像是
冬眠醒来的野兽环湖而坐
环绕我，一张张脸
饱含地带的韵味与精神
雷电蓄积在四周
浪花飞溅落入了深潭

领诵者啊，我怀念你
看见你仍在原来的地方
坐在窗前，你的玄想中间
坐在一树子鲜花下面
直到鲜花变成了雪花片片

天　鹅

天鹅静浮在水中的天上
以梦中我们飞翔的那种姿态
闪耀露水被月光映照的色彩
众多的游人在湖岸上匆匆行走
仿佛蓄意要让宁静感到撕裂的痛楚
要用身影把湖水和天空截然分开

而民谣日渐稀少
天鹅宁静而又孤独
在湿润的季风中变换羽毛
我来到这里，感到
如此远离而又接近人类的家乡
湖水蔚蓝，仿佛
神灵平和而又伤感的声音
天鹅在蔚蓝的梦幻中悠然呼吸
像一枚宝石上动人的伤痕

我来到这里

发觉自己如此靠近天下众水的源头

陈旧的忧伤从心头

从背后的稀薄空气中，缓缓消逝

我在这里

在黄叶灿然的秋景深处

看天鹅飞逝，美丽而又孤独

夏季抒怀

夏季！
雨滴与露水硕大，生命的图谱宽广
我们遍植欢乐的植物蓬勃的植物

我们想象用来自大海的云
擦拭面孔与玻璃
坚实的东西渐渐松弛，渐渐明亮

夏季！
阳光在水上开辟明亮的航道
草原像海，我们的热望像潜行的大鱼
花香啊，靠每一声鸟鸣落入心怀

夏季！
东南风不断吹送，锋面雨淅淅沥沥
欢乐植物的根子手一样四处游动
白昼越来越漫长
歌声的瀑布越来越宽广

宽广谷地之歌

真诚怀想时我抚摸到你岸上的炊烟
芒尖锋利的燕麦
还有河床下燃烧的黄金矿苗
梭磨河，我的衷情记忆之手
滑行于你的宽阔谷地
抚摸到流水中的阳光与花粉
滑过被冰川损毁的岩石的面孔
抚摸到清晨的霜针与黄昏的雨水
抚摸到你庄重的沉默

一道彩虹悠然降下
这是靠近草原的上游地区
哪一峰冰雪、云朵和树荫
哪一个牧羊女子的黑眼睛
哪一支牧笛深长的回音
是你最初的发源？梭磨河

我只看到祖先沿着迁徙的道路
翻下马背对河水吐出亲切而敬畏的
字眼，我只看到你夏日天空下
一群裸浴的女子，以及
一团狗状的云朵看护洁白的羊群
你宽广谷地无边的蔚蓝啊
你在孤独的尊严中深刻沉默
稀疏的树荫在午寐
在河口地区传来的远雷中轻轻震颤

小心开启

新年将临，我告诫自己
有些门，定要小心开启
除非是落雪的深夜
我想于静谧之中小声歌唱

有一扇门后不是黑暗
而是一株硕大云杉的可人荫凉
树下是不叫思想的智慧
不叫哀愁的忧伤
有一扇门后不是寒霜
是雪原上洁净的蓝光
拥雪被面坐，是
曾经预言我命运的卦师
祖父，你的瞎眼已经张开
祖母，你的手闪烁水晶的光芒
幼年夭折的姐姐啊
坐在老人们中间，头发依然美丽

轻风吹拂时，就在天国飘扬

上面的花饰变成星光
有一扇门后不是恐惧
关于饥饿，关于疾病
关于流年不利时祸不单行
那里的路上，只有声音
抓紧，阿来，小心
小心，阿来，抓紧
而不是人的部落，和
更加茂盛的植物群落的大地四出流亡
那扇门是谁为我打开
是谁来叫我看见
今夜，雪洁净蓬松落在门外
门内，只有一种声音
只有一束火的光芒
是我冬夜里潜行内心的热望
是草木的根须在冻土下歌唱

这些门
我要小心开启
这些灵魂的门扉，我得

小心关好，当新年将临
告诫自己的时候
我用最芬芳的雪片煎茶
并且，独自品尝

第三辑
丰收之夜

三十周岁时漫游若尔盖大草原

大　地

河流：南岸与北岸
群峰：东边与西边
兀鹰与天鹅的翅膀之间
野牛成群疾驰，尘土蔽天
群峰的大地，草原的大地
粗野而凌厉地铺展，飞旋

仿佛落日的披风
仿佛一枚巨大宝石的深渊
溅起的波浪是水晶的光焰
青稞与燕麦的绿色光焰

听哪，矿脉在地下走动
看哪，瀑布越来越宽

我静止而又饱满

被墨曲与嘎曲①

两条分属白天与黑夜的河流

不断注入，像一个处子

满怀钻石般的星光

泪眼般的星光

我的双脚沾满露水

我的情思去到了天上，在

若尔盖草原，所有鲜花未有名字之前

那　时

那时，我们

尚未拥有松巴人母亲的语录②

---

① 墨曲，嘎曲："曲"藏语义为河。墨曲，黑河；嘎曲，白河。两河均
流贯若尔盖草原，并在此汇入黄河。其地为九曲黄河第一曲。

② 松巴人：敦煌莫高窟藏吐蕃藏文文献中指称藏区东北部为松巴。四川
西北的若尔盖草原恰在这一位置，英人 F. W. 托马斯著《东北藏古代
民间文学》辑有《松巴人母亲语录》一卷，共 75 条。

博巴们①嘴唇是泥

舌头是水

牙齿是石头

我们口中尚未诞生莲花之鬓

雨　水

雨水叮咚

敲打酣睡未醒生物的眼睑

雷霆击中前行缓慢的脚踵

阳光如箭，击中正午的涌泉

天鹅：洁白，优雅，显现于心湖

彩虹如梦如幻

部落的历史，家族的历史

像丛丛鲜花不断飘香

不断迷失于不断纵深的季节

野草成熟的籽实像黄金点点

———————

① 博巴：藏族人自己的称谓。

雨水叮咚
远方的海洋，马背一样鼓荡
越来越深，愈益幽蓝
珊瑚树生长，海螺声宏远嘹亮

三十周岁的时候

三十周岁的时候
春天和夏天
我总是听到一个声音
隐约而又坚定
引我前行……

……天哪！我正
穿越着的土地是多么广阔
那些稀疏的村落宁静而遥远
穿越许多种人，许多种天气
僧人们紫红的袈裟在身后
旗帜般噼啪作响，迎风飘扬

我匍匐在地，仔细倾听
却只听见沃土的气味四处流荡
我走上山岗，又走下山岗

三十周岁的时候
春天到夏天
主宰歌咏与幸福的神灵啊
我的双腿结实有力
我的身体逐渐强壮

知道那声音仍然在前方召唤

　　思　念

孤寂的正午
看见一柱旋风和云与花香跳舞
思念，烈日一样刺中双眼和心房
我的情侣！
你是那匹鬃毛美丽的红色牡马
我的情侣！

你是湖水中央那团云朵的荫凉

我的情侣！
你是动荡不停的风
如此远离而又接近
草原与我心房的中央

故　土

泥土，流水
诞生于岁月腹部的希望之光
石头，通向星空的大地的梯级

就是这样
跋涉于奇异花木的故土
醇厚牛奶与麦酒的故土
纯净白雪与宝石的故土
舌头上失落言辞
眼睛诞生敬畏，诞生沉默

草原啊，我看见

沐浴晨光的骏马

翠绿草丛中沉思默想的绵羊

长发上悬垂珠饰与露水的姑娘

众多的禽鸟在沙洲之上

一齐游弋于白云的故乡

天下众水的故乡

矿　脉

你听！是什么

启喻一样在头顶

猎猎有声，凌虚飞翔？

我们的族谱宽大

血缘驳杂，混合着烟尘

胸腔中充满未曾入眠的空气

脑袋中充满声音的幻影

毛发风一样生长

手脚矿脉一样生长

铀的矿脉，危险、明亮
在降扎、迭部①
被小心而孤僻地采集
在腊摩，铁的矿脉氧化
山崖仿佛烈日灼伤的脸庞

更多的时候，矿脉是盐
在岩石中坚硬
在水中柔软
是欢乐者的光芒，忧伤者的梦幻

现在，诗人帝王一般
巫师一般穿过草原
草原，雷霆开放中央
阳光的流苏飘拂
头戴太阳的紫金冠
风是众多的嫔妃，有
流水的腰肢，小丘的胸脯

---

① 降扎、迭部及后文腊摩均为若尔盖草原上地名。

128

纺　织

女人，你的羊羔吃草
你的帐房宽敞

你在阳光下纺织
你的木梭一次次回复往返
你说：许多宽广的地方难以逾越
而木梭，光滑，明亮
穿过牛毛的经线，织成氆氇
穿过羊毛的经线，织成衣衫

你的手臂闪烁黄金的光芒
梦想的光芒
歌谣以及传说的光芒
流水的光芒

天　啊

天啊，我能向谁描述
双脚以及内心的行程

我看见
羽毛华美的野雉啄食花蕊
一只孤愤的狼突入群羊
女神名字的山峰峭拔
雨云的根子，飞鹰的摇篮

另一处，另一天
另一种时空
流水美丽而温柔
节奏舒缓，韵脚明亮
温泉里硫黄味来到路上
裸浴的女人们，壮硕，丰满
瀑布般的长发遮掩美丽幽谷
处女们乳房，细小，坚实

啊，我们生命之外与生命之内的

女人
诗歌之前与之后的女人
我的母亲，我的情人
我的姐妹们

我向你们倾诉我所有的行程
双脚，以及内心

我　是

我是一个从平凡感知奇异的旅者
三十周岁的时候
我的脚力渐渐强健

许多下午
我到达一个村庄又一个村庄
水泉边的石头滋润又清凉
母亲们从麦地归来
父亲们从牛栏归来
在留宿我的家庭闲话收成，饮酒

用樱桃木杯，用银杯

而这家祖父的位子空着
就是这样，在月光的夜晚
我们缅怀先人
先人们灵魂下界却滴酒不沾

窗外月白风清，流水喧阗
胸中充满平静的温暖

然　后

然后，雨水降落下来了
在思想的里边和外边
使湖泊和河流丰满

若尔盖大草原
你的芬芳在雨水中四处流溢
每一个熟悉的地方重新充满诱惑
更不要说那些陌生的地方

都在等候

等候赐予我丰美的精神食粮

令人对各自的使命充满预感

天啊，泪水落下来

我哭泣，绝不因为痛苦

而是因为犹如经历新生

因为如此菲薄而宽广的幸福

雨水，雨水落下来了

颂　辞

心回到坚实的土地

眼睛从流水上升起

宽广盛大的夏季啊

所有生命蓬勃而狂放

太阳叩击湖泊的水晶门

赤脚的笛声在星光下行走

无依无凭，朵朵百合悬浮

是飞翔于水中天空的鱼群的梦幻

而我们站在时间的岸上

皮肤粗糙，黝黑，明亮

东南风不断吹送

使我们的歌声，我们的梦想

马队里五彩的旌旗高高飞扬

若尔盖草原哪，你由

墨曲与嘎曲，白天与黑夜所环绕

摇曳的鲜花听命于快乐的鸣禽

奔驰的马群听命于风

午寐的羊群听命于安详的云团

人们劳作，梦想

畜群饮水，吃草

若尔盖草原

歌声的溪流在你的土地

牛奶的溪流在你的天堂

结　局

黑夜，我的灵魂已经离开我
变成青草与树木的根须在暗中蠕动
痛苦而又疯狂
并在遇到蛀虫的地方悄然哭泣
我要他回来的时候，他的脚已被硫黄腐蚀

这时我就只是徒然地望见
闪烁的磷火四处游走
在田野上，那是人的骨殖
由人豢养的狗与猫的骨殖
由人役使的牛与马的骨殖

而在森林里，那曾是大树的躯体
是猛兽锋利而又坚硬的牙齿
在湿漉漉的空气中
磷火仿佛星星
仿佛一只只精美的眼泪的杯子

而灵魂没有归来

这时，月亮升起
圆满而又空洞
温泉中的硫黄味来到无人的路上
今夜无风
树上还有完整的鸟巢
月亮升起，众多的磷火
孤独而又凄绝的磷火悄然熄灭

而我听见
被夜露打湿的灵魂从远处回来
从一切回声曾经经过的地方
蛇一样蜿蜒着从远处回来

草原回旋曲

太阳的路很远草原的路很长

大海诞生了太阳
是儿子寻找母亲浩荡的生命吧
太阳驰过
巡礼似的驰过大海一样的草原

草原激荡着。路
如经络般虬曲的山脊蜿蜒
如血管样呼啸的河川奔流
路，是草原人的路啊
草原人伸出巨臂
在扯断了许多驱驰的马缰绳
在敲碎了许多坚硬的打火石之后
仍在无来处更无去处地起伏

穿过迷雾掩映的沼地

穿过男子汉胸中说不出的凄楚

夜幕重重路也睡不熟

在牛角号中抬起曙色的头

抬起牛群的波浪与尘土

抬起波浪与尘土之中的人

一尊尊马鞍上草原人黑色的雕像

太阳

则在路尽头涌动着

粗涩的草原痉挛似的涌动

牧人的身躯在每一个早晨的马鞍上跃动

任什么风都读过了

紫色的高鼻梁

紫色的宽脸膛

而他们也读过了任什么险恶的风

庄严的幸福与辉煌的痛苦

都用马蹄叩进草原的胸膛

路，便在痛苦与希望的交织中扭曲

马蹄与牛蹄践着狼迹的

坎坎坷坷的路啊

弯弯曲曲的路

草原的路上行过许多超度

独没有太阳的超度与路的超度

太阳牵引路，路牵引草原跨越无数的超度

草原，一个信佛又不信佛的男子汉

超度完毕

凄惶的月亮填不满夜的呢喃

草原才是真正的——

要马背，要猎枪

要牧笛，要女人的真正的男子汉

耸起山脉的经络

奔放河流的血管

啊！草原

不是训谕又是训谕

太阳下路在长长地盘旋

路之上马蹄久久地盘旋

草原的路很长，很长

因为——

太阳的路很远，很远

草原，你有碛石滩有死去的碛石滩呵

风在这里寻不出什么
冰在这里雕不出什么
只有鹰的翅膀借太阳的投影掠过
带着悼惜似的啸声掠过

不要说这里是什么位置
是草原的边缘
还是草原的胸窝

冰川流过的纪念
这里是滚滚的碛石滩
没有奶香鼓圆篷帐
没有草浪拂动羊鞭
没有笛声招引流泉
碛石滩，烈日下轰响焊弧似的闪烁
（草原曾动员所有的红柳与绿草
在冰舌的横击下竖起呐喊的盾牌）

幽幽月光中，碛石滩又低诉

对雪线上山峰的怀念
山峰是死去的海的纪念
迭迭潮头凝固在冰之谷雪之原
但海是不死的
山峰下又有绿色的潮漫
碛石滩也对草海
释还
化石的游鱼，甚至
海贝呼不出的生命的呐喊

碛石滩，不是草原的坟场
而是草原的冻伤
不要问
冻在心里还是冻在脸膛
希望在死寂中镌刻春风的形象
草原不是童话剧
原野，自得静谧
天空，蓝得死寂
草原！美丽的太阳悲壮地升起！
裹挟尘土与风雨滚滚而来
滚滚而来，还有涛声似的马蹄
尘土在石缝中累积

苔藓死去活来，活来又死去
绿草也向碛石滩涌流着
涌流绿色的泉水与金色的牧笛

至今，星光闪烁的夜晚
老艺人也还盘腿坐在碛石上歌唱
敞开衣襟
老人的胸脯上有伤
草原的胸脯上有伤
老人的歌声是尘世的纪念
碛石滩是草原的纪念
任你说是不屈或者说是忧伤

草原有各色的花草原有各色的歌

无边的草原有许多深奥的歌
草原在歌声中飘进开花的季节
（男子汉在马背上忧思般地歌唱
女人们在浅草中期待似的歌唱）
草原的歌在花的季节回荡

像老艺人手中牛角琴衰老的呢喃
草原，成丛的蓝色花开始凋零
回忆的足迹花香一样弥漫在草原
而若幻梦
星星般的黄色花盛开
像孩子们锃亮的短笛
希望之光花一样汇聚在草原

传说：我佛说法天雨花
经书中的草原才是花香溢满
但忧伤的蓝色花知道
草原没有不浸透姑娘笑声的花朵
虽然牛角号向往过，呼唤过
只有惩戒的训谕不断验证
虽然牛皮鼓召集过，抗击过
但群魔仍肆虐着……

于是
忧伤的牛角琴开始诉说
草原用迷茫的目光诉说
而喇嘛寺所有的金顶却放不出光芒

苍白的经幡招摇着蛊惑

但草原的企求不会迷惑
凋零的蓝色花丛边
星星般浮出金黄的花朵
染上星星、月亮与太阳的颜色
染上所有歌声的颜色
像孩子们美妙的短笛
草原，金色的希望星散着
欢乐，从林卡节的笑声中星散
祈愿，随有录音机的帐篷星散
理想，随新城市无顾忌的灯光星散
喜悦，在明澈的瞳仁里星散着

草原的歌手从草原怀中来

羊群在与白云交合的地方
咬着甜甜的酸酸的草茎
红脸膛的阿妈不出声地歌唱
我是胎儿

裹在歌声一样温暖的地方
轻轻地悸动，春风也在悸动
我未听见但又十分听得见的歌唱啊

远方迷茫，歌声迷茫
远方将有雪莲谜一般开放
捧着银子的月亮
还有神驹火一般驰来
驮着金子的太阳

草原！我在母亲怀中
像传说、像歌唱
像经文、像箴言
像海子、像月亮、像太阳
像草原有过的许多迷茫
像草原有过的许多向往

但，母亲
不以为我是一个歌手的形象

草原在历史中迷途
所有的歌手都在流浪

叹息的沉雷滚过忧伤的琴弦
但歌手胸中喷不出愤怒的闪电
只有青稞地不知所以地起伏
在叹息中起伏

牦 牛

唱了一回又一回
这寂静的星空下
这沸腾的夜晚
人的梦，是遥远的
骆驼的梦，是绿色的

流动的城堡不见了
驮着晨阳去了
可炊烟仍在缭绕
酒香仍在远播
红白色的标杆
在这里　留守
不知它琢磨着什么
哦，也许寂寞
　　　也许不寂寞
它过惯了这

寂寞和沸腾之间的

特殊的——生活

在痛苦与希望之间，在忍耐与焦灼之间

强悍且坚韧

装饰西部高原沉重的风景

脊梁上就这样日起月落

雪散又风起

就这样穿过无边的草原

残雪间有碛石

碛石下有地藓

而　岁月如冰雪在高原上层层累积

而　你们就这样一群群沉默如祖先

也在雪一般的雾与雾一般的雪中打过转

而你们的弟兄

——负书囊的驴与拉战车的马

已走了多么远

你们竟因此而悲哀吗

眼中有泪坠于牛角琴声注满的夜

　亮而且冷：如星如月

或把悲哀掩于大风起前的沉默吗

但你们毕竟用蹄声摇动驿铃

用铃声催动蹄声

沉默且强悍

　　且坚韧

如高原的风景如高原的命运

　　前行

一路上有先辈枯骨的磷火闪烁

　　狼嗥亦如磷火闪烁

但你们仍在赤膊的驮脚汉

　　嘶哑的吆喝声里

　　前行

四蹄下进散一路火星

驮着青稞

驮着生命

驮着歌声，驮着爱情

你们

隆起脊梁如山岭

浑厚且冷峻

且坚韧
谁说驿铃声快冻僵了
不！不！
只要有真正的热血流动
有那群真正的康巴汉

哦，川藏线

首　途

冷硬的风自谷中吹来，江声险恶
（路面一样灰白的故事告诫过——这险恶）
路仍招摇而来充满如许蛊惑
溯起自冰川的江流而上
……车辙决然地伸延
向后方递送夜、递送

平静的水流飘摇温润灯火的大平原
我驰向因征服而神奇而峭拔的路
征服，梦魇般的黑暗与自己的怯懦
以速度征服自古海底崛起至今的高度
胸膛因缺氧而扩张
而深广
我的心向高原
高原

男神名字的山峰正释放曙光
启明星升自我胸前。我在世界顶端。
领略新生、领略永恒、领略无限
我的心像高原

我惊异，黎明竟给我以山脊的长绳
拽起太阳和车轮和愿望同步旋转
我与太阳同登上黎明的峰巅
群山以雪崩为声威以砾石为点缀的额门
与我的额门一起被镀亮
释放红硕的光芒如佛光
生命因之阔大，回忆将因之目眩

我不知道，太阳因我而获得激情
还是我因太阳
我只知道驰向每一座山峰的招引
并在每一道山脊和太阳一起翘望
如山峰年代久远的眺望，对未来
而我胸前不会滑下风化的砾石
我的脊梁上不会爬上枯萎的苔藓

雕　像

不是神话：山还记得哪朵爆破的云
松涛敛息于云下变幻的风景
层岩的书关于神力的训谕因之坍塌
数百万年堆积坍塌
山因坍塌终于更换记忆
——三十年犹新
开路的战士却让古生代的岩石掩埋
并丧失记忆，关于
蔚蓝的梦，关于
黄褐的土地，而殷红色的愿望
汩汩地在灰色岩石上浸润
而愿望不能丧失只能传递
开路者以石塑的形象重新站起
根据共和国成长的愿望
　　根据处女地要求奉献的愿望
　　根据脱服　的手脚对于车轮的愿望
开路者举起镐头站在鼓涌的松涛之上
镐头，不仅仅是三千年前就有的铁
是信念

炎黄子孙对于夏禹的信念，关于开拓

鲜血浇注的土地展开苦苦的皱褶
展开为一面旗
镰刀割过贫瘠之后斧头将创造
开路者信念的镐头所向均写满坍塌
开路者，群山正匍匐着一列列
一列列奔你脚下而来
天空因你的耸立而深远
江流与车流的合颂声中你成为众神之首
并被后继者奉为精英

我懂得你并不只是怂恿，牺牲
于你脚底
飞旋的车轮包藏不灭的愿望飞升于虹影
化作光环如辉煌的日珥
你在光环中上升
眼光化入永恒的星群

七月，前路有风雪

曙色向脚下倾泻霞光自肩头升腾
……风消雪散，之后
山脊还原为一片可触摸的真实
路，降自天空（天空多么空洞）
自冰峰
自云团（云团如雪崩）
而我从七月芬芳的谷底而来
带来一段奶汁般甜蜜的歌谣

路，为我驰驶，为歌声催动
向海拔五千米扶摇而上
如歌庄舞圈，盘旋
阳光如此明净
积雪如此清芬

车窗摄入阳光又投射阳光如骄傲的环视
虽然峰崖仍悬挂冰凌参差的字样
——七月，前路有风雪

……风消雪散。唱了小调

吹了口哨之后我们甚至假设

死亡

而在浩邈的群峰中死亡不会不圣洁

甚至假设冰川因血的浇灼而融解

　　　　（融解之后

　　　　如线的溪流流入长江）

从冰雪的恫吓获得自豪

从风暴的震怒获得坦然

并从歌谣，从口哨倾吐渴望

关于

爱情，关于

城市的霓虹与斑马线

尽管，七月，前路有风雪

哦，川藏线

日午的深谷都盛满阳光的宝石蓝

峰群逶迤

像凝固的浪头拍不穿辽迥的天

老松作证

层岩作证

这景象交给鹰翅扇动过一万年

又沉寂地抚摸了一万年

而川藏线

三十年锤三十年钎

时光之轮旋转

经轮旋转羊毛陀螺旋转

车轮旋转螺旋桨旋转之上

太阳飞旋遐想飞旋

鹰翅的高度已不是唯一的高度

哦，川藏线

你弹奏的高原风中有一个辉煌的主题

——关于征服

我惧怕我竟如此渺小

群山的海突然因激动而翻涌

我是如叶的小船

你将如缆绳如海岸如温柔的臂弯

我自信我将非常伟大

倒下，也横亘在江河之源

横成巴颜喀拉横成昆仑横成横断山脉

储藏你所有的音响在胸膛

为日出伴唱，为月升伴唱

哦，我的山峰是不限制标高的挺拔

此刻，我是站在鸟翼与机翼的高度之间

站在杜鹃花丛与残雪之间

站在怯懦与进取之间

川藏线！我看见你正蜿蜒而来

率高原所有的深邃所有的威严

矫若游龙掀起山的波涛把我托举

把我充满

神鸟，从北京飞往拉萨

六月到来的时候，春天
使草原多么宽广
鲜花照亮道路，绿水环绕牧场
这是酥油金黄的日子
这是奶酪酸甜的日子
从天地之间，盛大的夏天
即将来到，静谧的正午
我们久久瞩望东方

这时，传来了远远的雷声
从太阳升起的地方
雷声传递过来，从晴朗天空
声音如此有力，如此沉雄不断
惊醒了午寐的草原
雷声从长江之源到黄河之源
唤醒沉睡的冰川
唤醒两条母亲河流之间春的草原

唤醒草原古老沉静的梦幻

每天，这声音从东向西
整个草原从马背，从河岸
从湖心中百鸟翔集的孤岛
人们啊，踮起脚尖
仰起脸，瞩望北京到拉萨的神鸟
编织氆氇的女人仰起脸
修理畜栏的男人仰起脸
沉湎古歌的老人仰起脸
悦读新书的孩子仰起脸
看哪！看哪
沿着太阳起落的轨迹
我们头顶湛蓝的天空
飞机闪闪发光像是梦中一样
传说的神鸟一样

起跑线上

解冻中的大地是一面巨鼓
震荡起来，从里向外
长长的起跑线横亘草原
聚集起矫健的骑手
聚集起渴望奔腾的骏马
金镫银鞍叮当作响

西部中国的清晨
骑手们身影伟岸
起伏在马群的波浪之上
手控长缰背倚太阳
马群的奔浪一次次鼓涌
那种声音：马蹄交错
骑手的呼喊，是积蓄已久
渴望飞奔的交响
从里向外，有力震荡
赛马会开始的前夕

横亘心灵的起跑线上

青藏高原的一个早晨
骑手和骏马呼吸粗壮
金镫银鞍叮当作响
只等一声信号
激情的波涛就会汹涌席卷
冬的残血与春的轻寒

这是一个严冬过后的清晨
横亘时间的起跑线上
骑手们面容严峻
举起了长鞭，只等一声信号
西部中国发出亢奋的嘶喊
雪崩一般扑进春天

献诗：致亚运火种采集者达娃央宗

这是我们如此熟悉

而且挚爱的秋天

雨水落在高原的夜晚

高处飘飘扬扬的飞雪，使

女神名字的山峰更加峻洁

白昼被梦想擦拭

明亮，闪烁，温暖

阳光像纯净的黄金一般

像取火者光洁的额头一般

达娃央宗，这时

你的姐妹们正收割青稞

从牛奶中提取酥油

你揭开了我们梦想的蓝天外衣

进入雪域子孙视线的中央

浩大中央之国视线的中央

辽阔无际亚细亚视线的中央

风吹动你轻歌般的裙裾

头发仿佛含满电光的乌云

而中国罗盘似的取火器
是纯粹水晶构成的理想之花
招引太阳的光芒和热
在我们故土的大地
距离太阳最近的地方
我的母亲们的女儿
我的兄弟们的姐妹

火炬在你手中点燃

取火者，你手中的火
来自太阳却比太阳更辉煌
世界的双眼被世界照亮
取火者，立于世界之巅
群山的音阶宏远嘹亮
地倾东海，江流浩荡

岩石上面

一年四季
梭磨河和杜柯河汇流的地带
往雍中拉顶寺去的公路旁边
都能看见水和阳光
轰击着高峻的花岗岩石
澎湃的声音中，一株株核桃树
枝干苍劲，树冠庄严
庇护着一个个小小村庄
页岩筑成的厚墙，松木窗户
终日互相瞩望，骄傲而又孤独
煮开的茶翻沸在中心
在里面，在深处
只有望的锋芒能够抵达
草药一束束迎风飞扬
和经幡自是同一种事物
（医治一些可以医治的疾病）
冬天，母牛忍饥挨饿

马用蹄子叩击泉边的冰

春天，水落下雾往上

岩石日益圆润光洁

那些核桃树，根子越伸越宽

树冠上落满鸟梦与星光

而使宁静波动是一声声口弦

丝线在竹腔中颤抖

暗中闪烁一粒粒玉米般的牙齿

轻叩着心事，在岩石上面

丰收之夜

笛音唤来满天星光，
蝙蝠在夜幕里飞翔，
麦桩地上
响起秋虫的鸣唧；
熊熊的篝火
把收获人的脸颊照亮。
丰收时节的歌儿，
一半是汗水的苦涩，
一半是果实的甜香。

呵，星星闪着汗珠的晶莹，
辉映着果实的光芒。

铺满月色的雾霭在山谷里飘落，
帐篷中的甜梦分外酣畅，
拥一怀小麦的甜美，
枕一片青稞的芬芳；

甜甜的梦呓在帐篷里低徊，

一半是丰收的欢乐，
一半是对未来的遐想。

呵，丰收之夜是这么迷人，
收获者的心儿都长上了翅膀。

穿过寂静的村庄

一朵云让湖泊俘虏
仿佛时运，偶尔停留在村庄上面
这时，思绪很容易惊扰时间
是在一条宽阔峡谷翠绿的尽头
阳光静静地翻过门槛
进入那些高大房屋幽暗的深处

这是什么地方
世界的中心抑或边缘
笛音，花香以及夏天的光辉
悬浮在一片空明中
水顺着沟渠冲向磨坊

阳光照亮了什么
石头台阶，农具上光滑的木柄
风吹动檐角的铃铛和草药
我想在这村里有一个金黄花园子

竖有一排白桦木的栅栏
新娘赤脚站在干净的走廊

遐想的时候，天神啊
我已经穿过寂静
穿过核桃树荫里午寐的村庄
在村头解除了湖泊的魔法
那朵云又开始飘动
狗一样跟在我琴声后面

高原，遥遥地我对你歌唱

你曾把我裹在羊皮袄里
不动情地喂养我
今天，
我才懂得你无边的情怀
于是
我把我的歌
对你遥遥地歌唱

1

高原，我未经开凿
而早该开凿的高原
画家把你像一块璞玉嵌在画框里
凝成一个传说
纯朴，仿佛是你全部的注脚

你是闲适的思维不肯光顾的历史书
写在龟裂的牛角与马蹄上的历史

写在冰冻的岁月中的历史
雄伟的古城堡下盘旋的铁骑
迷失在哭喊与香火中的历史
你寻觅过，你徘徊过
寻觅与徘徊是你历史的装订线

我昨天还裹在你腥膻的
逐水草而居的篷帐
我污黑的小手
为算阿爸的归期结过绳
而祖国给了我笔
也把笔给了我无数的兄弟
续写我们停滞的历史
走出山谷里的碛堆
走出小河边的绿草滩
越过一道道披雪的山岗

高原，我对你遥遥地唱歌

你不只是传说，但讲一个传说吧

我又把头靠在你峻奇的胸膛

2

我的高原啊

有河流飞腾的奔放的高原

有山脉起伏的宽大的高原

你不是多情而多愁的诗人

用轻慢的韵脚排列俏丽的诗章

你的歌手，我的兄长

（裸露着胸膛把辫子盘在头顶的歌手啊）

是搏击风雪的太阳歌手

歌唱驱驰的鞍鞯

歌唱驮脚汉粗壮的吆喝

啊，你多么粗犷的歌

你把中华抱在黄河与长江的歌声里

摇晃——你阔大的歌啊

我在你的歌中展开了翅膀
带着你无边的期冀——
做一只鹰，像鹰一样地飞翔
飞向太阳升起的地方

高原，我对你遥遥地歌唱
浸透青稞麦香的风梳理我的羽翼
给我歌喉的雅鲁藏布江啊
我把头靠在你深沉的胸膛

3

高原，高原
你对我唱响的深长的招引之歌哟
我心田最温柔的一角留给你
高原哟我的高原

哦，牛背上的歌声与歌中的月亮
那些绿草与绿草飘散的奶香
噢，我的酋长一样的头羊

那些把野花围在顶上的姑娘
遥遥地，对着你
我仿佛又偎依在母亲的臂弯里
听温馨的歌谣
引出我祝福般的歌唱

4

你是海，是无边的海
（在祖国有海的地方
在教科书里我读到你是海）
凝止于奔突的海的波涛
你有流云的帆
你有羊群的浪花
你有帐篷的鸥鸟

擂响牛皮鼓，卷动停息的涛声啊
勒紧马缰——驱驰是你的禀赋
我们！我们不只是抱着青稞酒
在羊皮袄里打盹的民族

你的女儿围一块方头巾

在割草机的马达声中，笑声奔突

你的儿子穿上了工装裤

在高高的输电塔

把更多的紫外线涂上胸膛

我的歌声只是为回应你的召唤

我回来，肩着铁轨

从青海湖边铺开铿锵的诗行

我和我的兄弟们

唱着祖国教唱的夯歌

我的歌声中预示着你飞驰的汽笛已拉响

我不只是遥遥地歌唱

我回来了

写下——

在你的历史中写下磅礴的诗章

哦，草原

1

雾气。从沼地从河谷漫涣

丘峦成为翠冷的陆屿

篷帐与牦牛群成为黑色的礁暗

把宽边的呢帽斜压在眉线

向雾海划动马背的舢板

向沼地撒太阳的网

打捞

月亮。与

意愿的风在那里失去的形状

向沼地撒阳光的网

2

有路标
第一节是部落寻路留下的
第二节是战士开路留下的
是前行者手中的红柳杖
是殒身者留下的愿望
而草皮在脚下险恶地起落

草皮这样起落记忆的琴键
这样起落
阿妈用羊皮袄的襟袍兜起我
唤着我从沼地边缘走过
而一路召唤
(红袈裟的和尚要用贝叶经贴蔽天空唤我抚我因为传说
沼地是恶魔)
而远方
斑头雁的灰翅膀也这样柔和地起落
挤奶女把头靠在牛腹上忧郁地远望

3

地面已失去弹性下陷到泥炭纪

要下陷到创世纪以前

心脏也只有收缩收缩而不扩张

而那月亮突然开在心中竟如此安详

突然记起：哦，草原

哺乳的母牛那白斑像这弯月亮

而平顶的土屋的两面山墙

一面涂着牛头一面涂着月亮

而草原正从我额前雪崩似的剥落

但我的祈想是流不走的

我的眷恋是流不走的……

而探险失败真实的天空正在分解

分解成虚幻

分解成三原色是最好的点彩派

雁阵最后一次把人字拖过天空

4

我的挣扎将无用
天空也如泥潭
沼地里一串串水泡悄悄炸裂
我灭顶我留给世界我那份氧……
哦，草原
这份氧可以把更多的生命点燃
点燃红霞使月亮不惊悸
点燃花朵使姑娘不忧郁
不要孩子再听到驱魔的咒语

5

这是路标
不是我遗留下的抽芽的红柳杖
根系紧抓着我坚硬的骨殖
绿荫拔垂并冰凌满被
成为不沉的岛并举起眺望

流民的眺望

战士的眺望

新的眺望中我已是一个回想……

哦，草原

天空挂满星星的珍珠蚌

生命的太阳已经启网

伐木人

1

当三月绽放为缤纷的山桃花像绯红的霞
那么，我们是可以履红云引颈歌唱了
而深深的岩石皱纹应该舒展
汹涌的河岸边被冲刷成兽形、人形
以及凿成墓碑的石头，以及
躺在石头后面的流刑犯与开路者都来谛听

三月！第一次雪崩正隆隆地爆发

呵呵！三月
我们怎么不是斧头之歌的主人公
伐木号子怎么不是像檑木冲撞山坡
梦幻怎么不是山桃花蒸腾成绯红的云霞
而梦幻不是实质
我们的手指根须般曲向岩壁

像被伐倒的古松那样

一展凌云是唯一的愿望
那么，你们三月雪崩一样轰隆
楂木声与破冰的河流一样轰隆的雷声
轰击我们！
我们站在山崖上代替被伐下的古松
成为美学的象征成为道德的榜样
献身的渴望就这样烧灼我们
燃焦了躯体只有身形烙上崖壁成为古画

履云引颈歌唱大峡谷充满回响

而诗歌的编撰者，最末的诗行当是这样
一组鹰以一种铿然的节奏飞下山岗

2

斑驳的山脊后天空开始凝结星星露
伐木人掀开藤盔让汗气升腾

又把盔沿压上粗大的眉脊走下山岗

摸摸黑脸膛女人的额头

喊还小小的一条伐木汉

——阿罗！阿罗

就这样想象着我们走下山岗

林涛想要淹没我们

动荡感

那么，脚下的岩层将海一样开始滑翔

思绪开始自由地流浪

……而使我感到不再飘逸的是水壶

是壶中晃晃荡荡的桦树汁液

一丛桦树中那一棵缓缓倒下

仿佛不是树木倒下而是天空倾斜

那时摇摇头我笑了，知道这是错觉

创口上液体却流入了水壶

这液体充满乐音，包孕我想宣泄的情感

女人，喝下这甘甜的树汁吧

进而滋养另一条伐木人

——阿罗！阿罗

粗壮的女人也使男人变得细腻而柔情

就这样想象着在晚风中走下山岗

牧　场

挤奶谣是在夜半唱响的（不知
是不是真在夜半，总之
是在所有的鸟叫起来之前）
雾好浓——或者雾气不起凝成冷露
远天一抹绯红（说天在圆梦）

鸟鸣渐渐，渐渐
与手镯响一起掉落在涧水里
红红的太阳贴在静阒的天底
奶桶里晃荡阳光的金响
树影为太阳指着方向
白天，打酥油的谣歌好长好长
白天是打酥油的
一饼酥油就是一个响晴天
结结实实，金黄金黄
太阳在山脊如牧归人在牛背上
树影又遥遥地指了

明天起身的方向

夜好短，梦却好长

如牧女编着辫子歌声长长

少 女

所有的花朵都向午日吹奏：沉寂
柳荫下倚坐一个少女
这是背泉水也背环珮叮咚的少女
山泉自地藓自岩缝开始浸淫
霞光自肩背自头顶向草原滋浸
这少女是唤牛犊唤太阳的少女
黎明因她优美的身姿界划天地

而日午远山的瀑布溅不出声响
风云均无痕无迹
少女倚坐于柳荫深处
品味自己，并
品味自己成熟的丰硕而微微惊奇
太阳就悄悄地滑过
因少女而意蕴深长的柳荫
浓缩少女几许慵倦几许寂寞

阳光滴滴点点滑下赤裸的双肩

寂寞浓缩成为饥渴

要别上月牙的梳子簪红花朵簪黄花朵

无须王子佩黄金甲胄自天降落

心已默许并已允诺柔情的抚摸

而太阳正吹响流水的长银笛

日午，赤裸的双肩是指令性

笛声的流泉要圆润

要闪烁

要柔和

而小河水穿梭穿梭

少女

为黎明唤太阳为夜晚唤月亮的少女

无言的倚坐使柳荫意蕴深长

人　像

伛偻的身影竟使天空显示深沉
刈割下的牧草正散发清香
一尊尊身影随一道道地面起伏
伸延而进入不可捉摸的深远

我众多的姐妹就这样在草原聚合又流散
而我是会使用文雅词汇的
说你们是一座觇标或迷茫中一星塔尖
山峰已在这里止足眺远
眺望茫茫草原的平旷和一声长叹
你们：偻伛着擀羊毛毡
伛偻着拾牛粪团
当深陷的眼窝里涌起节日的欣喜
你们并不呈示舒展却满佩
金银首饰、珊瑚珠
翡翠玛瑙、象牙镯
仍伛偻着承受拜物遗俗

只是生活推进到更新的层次

才发现

日月也像先人的砾石可以重新打磨

天空也可以重新切割重新拼合

而我草原的姐妹们不要责备我

我找不到替换伛偻的形象，而找一个字眼弯曲

但你们将欢欣：仰天大笑成天穹的形状

你们将幻想：和歌而舞舒袖成虹彩的形状

你们刈割的身影竟使天空显示生命

露珠停止下滑这是敛入呼吸的一瞬

太阳照地平线照一万张逆光像

我的画笔向草厚纵深作蔚蓝的滑翔

冬：节令的序与跋

冻雾般的灰色云已莅临天空
而春夏
云阵崩塌为豪雨的激动
时光之流上热气蒸腾为云阵的激动
凝滞为幽凛的碛石与积雪的山峰
无风
飞泻的瀑布凝为固体

冬
我们回到定居的村落
与种青稞的兄弟们团聚
夜寐里我们仍把头贪婪地埋进青草
那是春夏那支长歌的美妙叠句
草原诗章悠远的回环
——啊！梦幻

一层足迹被埋掩，一页僵死

一层阳光被埋掩，一页迷散

一层狂风被埋掩，一页混淆
一层冰凌
一层寒潮
就这样冬拥有卷帙浩繁的法典
而我们
把一个长长的日子编进马缰
编进犁纤
不准风雪埋掩

呵，胸膛环护着歌声托举着
世界赠留一火塘的温暖

我们的女儿正在裁制各色花布衫
准备用笑声横溢初春的草原
我们的姐妹正在爱恋
我们的妻子正在哺乳正在生产

我们周围环护着用眼睛托举着
那团世界赠留的温暖

驷马的节令车已辚辚出航
太阳渐渐变得温暖

呵，我的已被赐福的赤裸的儿子
我的已被启悟的梦想的女子
我们古歌沉郁里闪射虹彩
我们马首前远方的呼吸
春风嗻唳地归回草原
——啊，温暖

远方的地平线

……一切都沉寂了
我仍感到交织在肌肤上的风雨雷电

躺向青草。足前是长鞭似的河曲
脑后是马鞍般的山峦。长叹一声闭上眼
感受一种更为深沉的肃穆
一种更为庄严的辽远
那激越，那
苍凉
壮阔……哪哪，草原：

(听湛蓝的湖底
嗞嗞地滑过云团)

忽然想起：白茫茫的雪野
响起角号或类似角号的神秘感召
男人们把毡帽斜压在粗大的眉脊

和落日一起没入遥遥的地平线

红柳荫下瞩望愈益浓重了
女人明亮的眸子跌落在远方
北风袭来的远方
东风消隐的远方

而绿色的高原风浴我
紫色的高原太阳濯我

躺向青草。听
血汩汩地注入这肃穆，这辽远
感到地球加快旋转
身上漫流回以往的时光有如帐幔

我已躺成地平线
一个异国漂泊的老者跨过我回到草原
一个求学的青年去到城市
向瞩望的母亲挥一挥书册
岁月的尘埃　纷纷扬扬覆盖了我
胸前长出二十一世纪的青草

思 念

湖泊上颤动眼光的悠远与笛声的忧郁
我被摄影机摇升成湖上的蓝空
湖水映见我颤动的幽蓝与幽蓝的思念

我不相信
海子
这么一个美丽的名字
会是残破的神话中仙女妆镜的碎片
鉴灵魂鉴风月
鉴重叠的世纪化为云烟
我看你作古海遗留下一枚不肯化石的贝壳
我思念面向的初民舍舟而登岸
有无伏羲的八卦燧人氏的火
羊群的云朵被赶进佛龛供奉香火
湖水空落落地映见天空窘迫的蓝
空落落的感受是遗传性的
而我仍也思念

我的思念是迷离的阳光

闪烁的湖水正漫上情感的堤坡，

起伏的波光上思念是盘旋的群雁

炊烟之后红霞

红霞之后给梦以深蓝的暮霭随温软的水流滑过柳荫中
　　绚丽的彩石礁

草原舍独木舟登岸已数千年

而一枚贝壳仍镶在胸前

海子

你的命名便有深切的追念

而海的色块海的线条我正思念

我的思念就这样愈益转浓

如光瀑下你的波光渐次转蓝

在湖面成为星光莹莹的夜晚

在路上

在路上
在春天的路上
在故乡春天的路上
看见山野里桃花开放
看见红衣的喇嘛出行
看见农民的儿子迎娶新娘
看见雨水来了又离开
看见从冬眠中苏醒的猛兽
四散在丰盈的湖水旁边
看见天空蔚蓝，流云回转
看见泉水上泡沫珍珠一般
看见地下走动白银的矿脉
看见屋檐前精巧的泥巢
而去年的燕子不再回返

就这样
靠近河流又远离河流

靠近家园又疏离家园

啊，我天国里的妈妈
我永远在路上
在路上
在春天的路上
在故乡春天的路上

手

穿过许多天气许多人
我说同胞，让我握住你的手
散发茉莉香气，是
牧羊时吹笛少年的手
衬衫般温暖，是
纺织氆氇的妇人的手
浸水的玉石一般，是
挤奶姑娘的手
闪烁星星与露水光芒，是
琴师伸向春天的手

在心灵的家园，手
是酒壶上的柄，握住了
就可以随意幻想

那么
陶匠，让我握住你的手

连同手中纯粹的泥土

农人，让我握住你的手
连同手中的犁杖，光滑的木头
高炉前的冶炼者啊
让我握住你的手，连同火光
最古老最现代的光
始终如上一光，欢笑的波浪
让我们的手握住了
泥土，木头，火
塑造一种基座，一种精神建筑
雄心旗帜一样飘扬

从骑手手中接过方向的缰绳
从机械师手中接过动力的活塞
从观天者手中接过未来的星座
从喇嘛手中接过命运的祝福

手拉手，手拉着
穿越大地，看吧
天越来越高，河越来越宽

第四辑
草原美学

草原美学

1

苍鹰振翅为天空蓝色的激情所焚烧

宇宙的庄严含蓄于殒身的骄傲

太阳攀着山峦积雪的音阶

在晶莹的极顶：

爆发为一声嘹亮

螺号

角号

铜号

岁月哟被呼吸的风所拂拭，多么明亮

……呵呵！陨落了的夜与星星雨

大草原辽远的平旷在久久的崎岖之后

是一片慰藉人心的汪洋

2

那么，就让竖吹的短笛笛孔依然渐次启闭
依然吹起湖上的雾气
依然吹温泉中幻想的浴女
依然把天空吹得深深
依然把远山吹得绵绵
……
哦，此时我听见了思想发出沙沙的声响
在岁月树木这一条道路的枝丫上
头颅成为果实
笛声哪！吹我吹我
这个海拔高度正好使果实灌浆
是的：蓝天的边缘是远古，是海洋
而那一片云可以浮载我展望未来

3

我们曾和风一起流浪

曾和狼群一起行吟
候鸟迁徙我们不迁徙

我们日日圆梦
因落寞
星星雨淋湿的梦夜夜沉重
乘紫色霞游骋
黎明我们依旧获得轻松

吞吐一口大草原的浑莽
注于胸臆
注于筋络
注于血管
一串马蹄放过
心中便一盏盏注满了温暖

4

贝叶经当然没有贴蔽天空
我肩头栖满星光在湖岸构织诗行

我幻想：天空与湖水相融的完美
彼岸那座神女峰裸落并潜入湖底啜饮我
山的名字是往古奇异的女子，月光呵……
其时，山根上的小镇传来某种机械的声响
焊弧照亮了插满经幡的小山岗

5

呵呵！草原哪过客已去过客已去
而我似乎不知道别的河流
把帐篷把思想泊在黑土的河岸
以夙愿之锚
夜夜琢磨月亮这银梳向哪个情人奉献
什么时候这河流有一道瀑布哗然披垂
酥油草当然非常茂盛
河流淌自笛孔间驿铃间
滴滴点点
一涡儿一涡儿的阳光
为满覆黑睫毛的眼窝斟遍

然后启程

呵呵！西山间帆形的天空重新荡开

那么让我们回到海洋回到海洋

解除各式的神谕，然后重新耕种

山寨素描

春天，坐在藏家石楼上

不再是麻雀的领地
不再是经幡的供台
石楼顶，开放
红的百合哟黄的格桑

开花了
春雨中散发霉味
秋风中蒙满尘沙的
石楼啊

开花了
花一样的姑娘和小伙开放出鲜嫩的
生活啊

石楼顶上，开放
红的百合哟黄的格桑

老阿爸拔起花下的杂草

把带泥的手指插进嘴里

嘘一声响亮的呼哨

啊，你开放的心啊

石楼：开花

生活：开花

开花，藏家喜悦的心田啊

太阳，悬在藏家心上

绿树中闪出石楼的花窗

宽大的窗户泻出笑声

笑声摇晃着灿烂的太阳

高高的石楼捧着太阳

但太阳的过去不属于山寨

多少代

湿柴的土灶只冒烟

照不进太阳的光亮

窄小的窗口是寒风的哨口

留一个孔给混浊的眼睛
张望盗匪袭来的马蹄
和派差的牛角号声中
洒进惊悸的月亮

今天，山寨洞开了宽大的窗
太阳悬在窗上，旋转
早上，照在锃亮的铜壶上
在奶茶香里舒心地歌唱
下午，又在有波斯图案的垫褥上
铺上一层温暖的金黄

藏家的心头照进了太阳
又把那些古朴的图样涂上窗框
（那些会永远新鲜的图样啊）
那对着太阳放出藏家笑声的
哑了千年的龙口
那黯淡了仿佛也有一千年的孔雀翎
终于向太阳放射喜悦的光芒

太阳，悬在山寨宽大的窗上

悬在藏家心上

幸福的生活笑出了声哟

笑声抱着太阳摇晃

母亲，闪光的雕像

柳树下，溪水闪着阳光
垫着阿妈的羊皮褂
盖着阿妈的花头帕
柳荫里
酣酣地睡了
这光屁股的娃娃

阿妈，在青稞地里锄草
一行，一行
一曲悠悠的娜依
从胸中流出
艰辛里掺着幻想，古老的歌谣
飘荡
在阳光闪耀的绿色田野上
把溪水引进苗行
溪水从白云中流来
从柳荫里流来
从娃娃的梦中流来

流来梦中欢愉的叮当

直起腰，阿妈看看太阳
（太阳高了，树荫小了）
三根柳枝
搭一架凉棚
脱下衬衫，铺开
像铺开一片云彩

阿妈赤身躬在阳光下
汗水在脊沟里闪光
阳光把她无声的影子投在地上
她便用这小片的荫凉
拥抱
每一株幼苗——
拔节的希望

她站起
粗壮的手臂
汗湿的脊梁
丰满的乳房
镀上阳光的金黄
闪光，在绿色的田野上

振翔！你心灵的翅膀

庙堂，一个逝去世纪的面庞
经卷，还是那天竺的贝叶模样
锈绿的风铃暗哑地撞击，对你宣示
如豆的青灯便是辉煌的太阳
是否凝止了，你的一怀情愫
像净水瓶里死掉的波浪

十三岁！十三岁正是——
开花的季节
应让云朵在胸中舒卷
让春风在情怀鼓荡……

窗外是鸽子的哨音
银翅上驮一片火红的朝阳
它飞进你那晦暗的窗口
于是我看见一束唤醒的晨光
在泥地上显现着——
一只掀翻的铜钵和奋飞的翅膀

草原回旋曲（一）*

角　号

以远远胜过舞台剧的庄严

吹你的男人是太阳

吹你的女人是月亮

猿至于人

天空是深远的天空

兽至于畜

岁月是丰厚的岁月

……当野牛成群扑地

以一种必然的坚定

（岁月延伸的必然

人类分娩的必然）

冉冉地从天空得以呈现

---

*　编者注：本组诗最初发表于 1985 年的《西藏文学》杂志。

角号

把山脉吹成你的嘹亮

把草原吹成你的深远

吹雷霆为欣喜

吹冰雪为愤懑

把情感吹为一股遥迢的风

拂动人心的潭水粼光点点

呵，被一种回肠之气所吹响

人们

没有对岁月转过脸

而对多雨雪的天空频频呼唤

地　带

在马背

在小丘峦上对余晖表示些许眷恋

草原

从天空、从湖泊摘下硕大的金耳环

进入无风的地带
无树影无鸟巢的地带

星星代替花朵一丛丛燃烧
石英石
撞击
铁火镰
我们是燧人氏几世？或者
打火机
喷压出
天然气幽蓝幽蓝
我们有火。有篝火
烤食一条条干牛肉
一块块连麸的青稞面馍
(粗粝的也是精细的
无味的也是多滋味的
生活)
咀嚼在充满月光的地带
等待阳光的地带
僵硬的腰背变得柔软
胸膛中那株常青树开始喧哗
摇曳

伸展

唱一支古歌：深沉

唱一支新歌：雄健

我们的地带

是远方人们日记中的一个段落

是梦

珍藏着太阳淡淡的温暖

雁翎与雪花二重奏

南飞雁，南飞雁是一个行吟诗人

执光洁的翎毛笔

蘸一管凄凉，一管眷恋

羽书寄自冻云间。九月

将飞坠雪花了

一束束野草实变得沉甸甸

羊群的云朵已肥厚

负重的秋望来路准备归去
雁翎已远逝，湖水蓝得幽怨
雪，低矮的土屋悄悄地冒烟
由于一个个春天梦
女人们的眼睛一次次变得幽深
变得大胆

……而五月，雨夹雪的五月
单薄的少年是五月的单薄
也能托举满含期许的云朵
（羊群游弋的大云朵
帐房守望的小云朵）
雪花暖暖地笑
五月悠悠地飘下鸿毛
北归雁：鸿毛是待换的
蘸嘹嘹唳唳的风
和春夏签订协约：关于繁衍
呵，北归雁是吟春的诗人
北归雁

草原回旋曲（二）[*]

牧羊女

碧绿的草原上褐色的路如网

而路口

牧女

则是月光所孕

如路是岁月所织啊

草原，古老的风车叶

还有太阳与太阳

就这样缓缓地旋转

而路口的牧女

银白的奶钩渐渐变黑

---

* 编者注：本组诗最初收录于1987年四川民族出版社出版的《启明星的
  眼睛——四川少数民族作者诗选》一书中。其中《牦牛》《草原的歌
  手》《碛石滩》与本书第三辑收录的同名组诗中的内容有所区别，故
  作为差异版本收录于此。

风车叶和牛蹄也一次次龟裂

如花的草原

怎经得住强烈紫外线的曝光

牧女站在路口

一个古藏文的字母

沐浴风雨日光

羊皮袄的褶皱

滑下风

滑下雪

滑下岁月

路口，牧女却在编织着草原的日子

编织着花腰带上不死的寿字格

于是，在漫漫草原的路口

有牧女

由风雪所塑，由日光所塑

守候草原以及草原的岁月

牦　牛

陈于丹青笔下的那群驮脚汉
那群"康巴汉子"
他们在色彩的韵律中吆喝
而你弓起喜马拉雅般的脊梁
在宝石蓝的天穹衬托下
而有了新的美
浑厚且带一点儿粗粝

在痛苦与希望之间，在忍耐与焦灼之间

强悍与坚韧
装饰着西部高原沉重的风景
高高的脊梁负荷着日起月落
雪飘风吹
在赤膊驮脚汉的吆喝声里
彳亍前行
四蹄敲击一路火星
驮着青稞，驮着茶叶和盐
驮着生命与爱情

也驮着世纪的风云
在蜿蜒的山路上跋涉
而道路却在你的蹄下
加宽延伸

你并未因此而忧伤
从牛角琴的独弦上
淌下你的希望与欢欣
你摇着黄铜的驮铃走来
走进这麻布绷起的画框
在色彩纷呈的调色板上
嘶鸣
一支驮帮号子
从康巴汉子的厚嘴唇里
唱出了声

草原的歌手

我打着我盘桓的马
在云生双翼的草原

唱响我回旋的歌曲

  ——引自日记

羊群与白云交合的地方

嚼着甜甜的，酸酸的草茎

红脸膛的阿妈不出声地歌唱

我是胎儿

裹在歌声一样温暖的地方

轻轻地悸动，春风也在悸动

我未听见但又十分听得见的歌唱啊

远方迷茫，歌声迷茫

远方将是雪莲谜一般地开放

捧起银子的月亮

还是有神驹火一样驰来

驮着金子的太阳

草原，我在母亲怀中

像传说，像歌唱

像经文，像箴言

像海子，像月亮，像太阳

像草原有过的许多迷茫

像草原有过的许多向往

但，母亲
不以为我是一个歌手的形象
但，母亲
又切盼看到我歌手的形象

我把马蹄叩响草原的胸膛
星星从道路两旁滑落
曙色的微笑升起
花香升起
晨雾升起

而此刻，母亲
正撩开帐房门
撩开晨光向我瞭望
我将在草原的早晨歌唱
驰向晶莹的雪峰
取来黄金的长号
大海！升起你的红霞吧
大江！吹来你的轻风吧
草原！驱散你的狼群吧

我跨在雪线的马背
太阳
升起在我的号口之上
所有灿烂的花闪烁在号口之上

碛石滩

风在这里寻不出什么
冰在这里雕不出什么
只有鹰翅借太阳的投影
掠过
拖着悼惜似的啸声掠过

不要说这里是什么位置
是草原的边缘
还是草原的胸窝

这里是冰川流过的纪念
这里是滚滚的碛石滩

没有奶香鼓圆的篷帐
没有草浪浮动羊鞭
碛石滩烈日下轰响焊弧似的闪烁
巨石傲岸的身躯挺立着

用狂风的声音辐射草原的不屈
……
又在幽幽的月光下，低诉
对雪线上山峰的怀念
山峰是死去的海洋的纪念
像帆张在风之原雪之原
但，海是不死的
山峰的帆下又有绿色的潮漫
碛石滩也对草海
释还
化石的游鱼，甚至
海贝们呼不出的生命的呼喊

碛石滩，不是草原的坟场
是草原的冻伤
不要问
是冻在心口，还是冻在胸膛
希望在死寂中镌刻春风的形象

附　录

我的表达是从诗歌开始[*]

一

去年，四川文艺出版社钩沉式地出版了我的一些中短篇小说，这些作品几乎都写于二十世纪八九十年代，一共三本，在市场上还得到了一些读者的欢迎。也许是因此受到鼓舞，吴鸿社长又提议把我更早年写作的诗也搜出来结集出版。

他们的编辑通过各种途径查到一些，我自己又从早年存留的旧期刊中找了十来首的补遗。补遗的这一部分，都是初学写作时的不成熟之作，但我还是愿意呈现出来，至少是一份青春的纪念。我写过十年的诗，作为我文学尝试的开始。我想把这些诗收拢来，正可以看到一个人如何从幼稚走向成熟，如何从一个文学的门外汉渐渐摸索到文学的门径，而这个过程又需要怎样的耐心。对于

* 编者注：本文原系作者为2016年四川文艺出版社出版的《阿来的诗》写的《自序》；其中第四部分系作者为2001年人民文学出版社出版的《阿来文集·诗文卷》写的《后记》。

今天这个乐于并急于看到成功的社会来说，十年确实显得过于漫长。

二

此前，这本诗集的主要部分出版过两次。

第一次，1989 年，是四川民族出版社出版的一套四川少数民族丛书中的一本，叫《梭磨河》。这条河是大渡河的一条支流，是我故乡河流的名字。

第二次，2001 年，人民文学出版社出版四卷本《阿来文集》，其中一卷《阿来诗文集》，也有这本书的主要部分。出版社觉得跟小说比，太薄太轻，还加了几篇散文增加厚度，但依然显得菲薄。这一回，增加了一些篇目，都不是好的。但这一回，算是基本完全了。

三

正如我的读者都知道的，我早在二十多年前就停止诗歌写作，而转向了小说，以及其他不分行文字。但在我心中，诗情并未泯灭。我只是把诗情转移了。我从来不敢忘记亚里士多德在《诗学》中说过这样的话："诗比历史更接近于哲学，更严肃。因为诗所说的比历史更带有普遍性，而历史所说则是个别的事。"

我要把我的写作带向更广义的诗。

这些努力，我感觉我的读者都有所理解。

编这本诗集的时候，出版社让我再作一篇自序，回忆一下自己的诗歌时光。不过，又是二十多年过去，时间过得太久，情绪到底不是当年写诗时的状态了。读到自己为2001年那本诗集写的后记，倒是更真切地道出了当年写作诗歌时的处境与状态，索性引在这里，算是一篇完备的序言吧。

以下就是那篇后记了。

四

很偶然的一个场合，跟一个朋友谈起了贝多芬。当时，他正跟当年指挥过的一个大学合唱团的女领唱回想多声部此起彼伏且丝丝入扣的当年。今天，女领唱在大学里做着我认为最没意思的工作：教授中文。指挥却已做了老板，出了一套很精致的合唱唱片。我很喜欢，于是，他每出一张，便请吃一次饭，并送一张唱片。我当年的音乐生活很孤独，没有合唱团，更没有漂亮的女团员。我的音乐是一座双喇叭的红灯牌收音机接着一台电唱机。

那时我在遥远的马尔康县中学教书，一天按部就班的课程曲终人散后，傍在山边的校园便空空荡荡了。

有周围寨子人家的牛踱进校园里来，伸出舌头，把贴在墙上的标语公告之类的纸张撕扯下来，为的是舔舐纸背上稀薄的糨糊。山岚淡淡地起在窗外的桦树林间，这时，便是我的音乐时间。打开唱机，放上一张塑料薄膜唱片，超越时空的声音便在四壁间回响起来。桦树林间残雪斑驳，四野萧然。于是，贝多芬的交响曲声便轰响起来，在四壁间左冲右突。那是我的青春时期，出身贫寒，经济窘迫，身患痼疾，除了上课铃响时，你即便是一道影子也必须出现在讲台上外，在这个世界大多数人的眼里，并没有你的存在。就在那样的时候，我沉溺于阅读，沉溺于音乐。愤怒有力的贝多芬，忧郁敏感的舒伯特。现在，当我回想起这一切，更愿意回想的就是那些黄昏里的音乐生活。音乐声中，学校山下马尔康镇上的灯火一盏盏亮起来，我也打开台灯，开始阅读，遭逢一个个伟大而自由的灵魂。应该是一个晚春的星期天，山上的桦树林已经一派翠绿，高山杜鹃盛开，我得到一张新的红色唱片。一面是柴可夫斯基的《意大利随想》，一面是贝多芬的协奏曲《春天》。先来的是贝多芬，多么奇妙，一段小提琴像是春风拂面，像是溪水明亮地潺潺。然后，钢琴出现，像是水上精灵似跳动的一粒粒光斑。然后，便一路各自吟唱着，应和着，展开了异国与我窗外同样质地的春天。我发现了另一个贝多芬，一个柔声吟咏，而不是震雷一样轰隆着的贝多芬！这个新发现的贝多芬，在那一刻，让我突然泪流满面！那个深情描画的人其实也是很寂寞很孤独的吧，那个热切倾吐着的人其实有很真很深的东西无人可以言说的吧，包括他发现的那种美也是沉寂千载，除他之外便无人发现的吧。

从那些年，直到今天，我都这样地热爱着音乐。后来，经历了音响装置的几次革命，我便永远地失去了贝多芬的《春天》。这一分别，竟然是十五六年！每当看到春日美景，脑海里便有一张唱片在旋转，《春天》的旋律便又恣意地流淌了。这些年，我都把这份记忆掩在最深的地方。直到这天晚上，在成都一间茶楼，坐在几株常绿的巴西木与竹葵之间，听两个朋友谈当年的合唱，我第一次对别人谈起了我这段音乐往事，这份深远的怀想。程永宁兄，也就是当年的合唱团指挥当即便哼出了那段熟悉的旋律，然后，掏出手机打了个电话。因为他的部下照看着一家颇有档次的音响器材店，而且店里也卖正版的古典音乐唱片。他很快收了线，告诉我，这张 CD 很快就会到我的手中。

今天所以要在这里回忆以往的音乐生活，不是要自诩有修养，或者有品位，而是回想过去是什么东西把我导向了文学。觉得除了生活的触发，最最重要的就是孤独时的音乐。因为在我提笔写作之前，已经有了二十多年的生活，而且是因为艰难困窘，缺少尊严而显得无比漫长的二十多年。在那样的生活中，人不是麻木就是敏感。我没有麻木，但也没有过想要表达那种种敏感。于是我在爱上文学之前，便爱上了音乐。或者说，在我刚刚开始有能力接触文学的时候，便爱上了音乐。我在音乐声中，开始欣赏。然后，有一天，好像是从乌云裂开的一道缝隙中，看到了天启式的光芒。从中看到了表达的可能，并立即行动，开始了分行的表达。

是的，我的表达是从诗歌开始；我的阅读，我从文字中得到的感动也是从诗歌开始。

那次茶楼里与两个当年的合唱团员的交谈很快就成了一个多月前的往事了。当然，这不是那种随即就会被忘记的往事。一天下午，程永宁突然打来一个电话，说那张唱片找到了，店里已经没有这张唱片，是一个朋友的珍藏，但那位我未谋面的朋友愿意割爱把这张唱片转送于我。而且，此刻已把唱片送到了我单位的楼下。这段日子，我正用下班时间编辑着读者手里的这本小书。平时，因为同时担任着两份杂志的主编，不能每天准时离开办公室。但是，这一天，2001年3月15日，星期四，我却盼着下班，而且

238

准点下班。急急回到家里，便打开了音响。瞬间等待后，那熟悉的旋律一下便涌向了心坎。于是，我身陷在沙发里，人又回到了十多年前。想起了早年听着这样的音乐时遭逢的那些作家与作品。

现在，很多人都知道，阿来的写作是从诗开始的。

那时，有这样的音乐做着背景，我在阅读中的感动，感动之余也想自由抒发的冲动，都是从诗歌开始的。我很有幸，当大多数人都在听邓丽君们的时候，我遭逢了贝多芬们，我也很庆幸，在当时很畅销的中国诗歌杂志在为朦胧诗之类争论得面红耳赤的时候，我从辛弃疾、从聂鲁达、从惠特曼开始，由这些诗人打开了诗歌王国金色的大门。

是的，聂鲁达！那时，看过很多照片，都是一些各国著名诗人与之并肩而立的照片。他访问过包括中国在内的很多国家，我不知道那些国家的诗人与他有没有过灵魂的交流，与他并肩而立的合影却是一定会留下的。但是，非常对不起，那些影子似的存在正在被遗忘，但我仍然记得，他怎样带着我，用诗歌的方式，漫游了由雄伟的安第斯山统辖的南美大地。被独裁的大地，反抗也因此无处不在的大地。被西班牙殖民者毁灭了的印第安文化灵魂不散，在革命者身上附体，在最伟大的诗人身上附体。那时，还有一首凄凉的歌叫《山鹰》，我常常听着这首歌，读诗人的《马克楚比克楚高峰》，领略伟大而敏感的灵魂如何与大地和历史交融为一个整体。这种交融，在诗歌艺术里，就是上帝显灵一样的伟大奇迹。

是的，惠特曼，无所不能的惠特曼，无比宽广的惠特曼。今天，我听了三遍久违的《春天》后，又从书橱里取出久违了的惠特曼。我要再次走进那些自由无羁的雄壮诗行。是的，那时就是这样，就像他一首短诗《船启航了》所写的一样：

> 看啊，这无边的大海，
> 它的胸脯上有一只船启航了，张着所有的帆，甚至挂上了它的月帆，
> 当它疾驶时，航旗在高空中飘扬，她是那么庄严地向前行进，
> 下面波涛汹涌，恐后争先，
> 它们以闪闪发光的弧形运动和浪花围绕着船。

感谢这两位伟大的诗人，感谢音乐，不然的话，有我这样生活经历的人，是容易在即将开始的文学尝试中自怜自艾，哭天抹泪，怨天尤人的。中国文学中有太多这样的东西。但是，有了这两位诗人的引领，我走向了宽广的大地，走向了绵延的群山，走向了无边的草原。那时我就下定了决心，不管是在文学之中，还是文学之外，我都将尽

力使自己的生命与一个更雄伟的存在对接起来。也是因为这两位诗人，我的文学尝试从诗歌开始。而且，直到今天，这个不狭窄的，较为阔大的开始至今使我引为骄傲。

回想我开始分行抒发的时候，正是中国诗坛上山头林立、主张与理论比情感更加泛滥的时期。但是，我想，如果要让文学从此便与我一生相伴的话，我不能走这种速成的道路。

于是，我避开了这种意气风发的喧嚣与冲撞，走向了群山，走向了草原。开始了在阿坝故乡广阔大地上的漫游，用双脚，也用内心。所以，这些诗歌最初出现在各种各样的纸张上，各种各样的简陋的招待所窗下肮脏的桌子上。今天，我因为小说获奖住在北京一家干净整洁的宾馆里，多年的好友，今天的责编脚印送来诗稿让我做最后一次校对。我在柔和的灯光下一行行检点的不是诗句，而是漫长曲折的来路。墙外是这个大城市宽广丰富而又迷离的夜晚，我却又一次回到了青年时代，回到了双脚走过的家乡的梭磨河谷、大渡河谷，回到了粗犷幽深的岷山深处，回到了宽广辽远的若尔盖草原。我经历的那个生气勃发的诗歌时代，也是一个特别追名逐利的时代。所以，我有些很好的诗歌篇什，便永远地沉埋在一些编辑部里了。比如，我至今想得起来的一首诗叫《遇见豹子》。今天却再也找不见她们了。当然，这仅仅是一个特别的例子，名单再开下去，便是一份控诉书了。其实，我的这本小小的诗集直到今天才得以出版，这件事本身，便是对中国文坛某些不正常状态的沉默的批判。如果不是那些永远沉没在某些编辑手里的没留底稿的诗篇，今天这本诗集便不会如此单薄。

这些诗不仅是我文学生涯的开始，也显露出我的文学生涯开始的时候，是一种怎样的姿态。所以，亲爱的尊敬的读者，不论你对诗歌的趣味如何，这些诗永远都是我深感骄傲的开始，而且，我向自己保证，这个开始将永远继续，直到我生命的尾声。就像现在，音响里传出最后一个音符，然后便是意味深长的寂静。而且，我始终相信，这种寂静之后，是更加美丽与丰富的生命体验与表达的开始。

一本书打开一个世界

欢迎订购、合作

订购电话：0571-85153371

服务热线：0571-85152727

KEY-可以文化

浙江文艺出版社

京东自营店

关注 KEY-可以文化、浙江文艺出版社公众号，

及浙江文艺出版社京东自营店，随时获取最新图书资讯，

享受最优购书福利以及意想不到的作家惊喜